新潮新書

養老孟司
YORO Takeshi

人生の壁

1066

新潮社

まえがき

またまた「壁」本です。著者の私はまだ辛うじて生きているので、こういう本ができるんです。

このまえがきを書いている令和六年の夏は、しみじみ暑い夏でした。昨年も暑かったという記憶があるので、当分こうした気候が続くのだろうと思います。そうなると、なにが心配かというなら、自然を直接に相手にする第一次産業、つまり農林水産業の成果です。取れるサカナの種類が変わったとか、野菜や果実が今までのようには育たないという報道が現になされています。気候変動は全世界的な問題ですが、虫採りも従来通りにはいかなくなっています。私は若葉を食べる虫を追っていますが、春になるとアッという間に若葉の時期が終わって、暑い夏になってしまうのです。のんびり「春が来た」なんて歌っている状況ではありません。人生のいちばん最後になって、まさかこんな時代になろうとは、夢にも思いませんでした。

令和六年四月に自分個人の定期検診で肺癌が発見され、それから九月まではいわゆる闘病生活でした。病院に入ったり出たりを繰り返して、九月末には放射線治療が終わりました。その間に死生観が変わりましたか、などという質問を受けましたが、十一月で八十七歳になる老人がいまさら死生観を変えるわけもなく、いつもの通りで、ただボンヤリ日常を過ごしています。

そういう意味では「壁」シリーズもそろそろお終《しま》いかと、いわば感無量です。自分が歳をとったとしみじみ思います。令和六年元日に震災が来るなんて、想像したこともありませんでした。理屈の上では当然あってもおかしくないことなんですけどね。自然にとっては、一年三百六十五日、全部が平等なんですよね。

本書では自分の人生も残り少なくなった爺さんが、子どものことやら青年のことやら、世界のことやら日本のことやら、あれこれ心配しています。中国もののテレビ映画を見ていたら、人生百年にも及ばないのに千年の憂いを語る、という詩が詠まれていました。私が考えたりする程度のことは、とうに古人も考えたに違いないのです。若かったらそういうことを考えると、自分のオリジナリティーはどこにあるかなどと思ってがっかりするかもしれませんが、歳をとると昔に知己を得ることがむしろ嬉しくなります。だから古典を読めなどと年寄りが勧めるのでしょうね。

人が現実（実在）と思う対象は、人によって違うのです。『バカの壁』でそのことを書きましたが、人生ここまで来ても、同じことをしみじみ感じます。若いころに、あんたは虫だけ採ってりゃいいんだよ、と私を敵視する人に言われたことがありますが、いま思えば、敵は私を真剣に見ていたなあと感じます。自分のことがわかってなかったのは本人だったのです。性格とか、価値観とか、信念とか、さまざまな言い方がありますが、私の場合にはなにを現実と見なすかが、いわばひとりでに決まってしまっており、周囲にとっては迷惑な話かもしれませんが、それをそのままで生きてきたのです。

どうせ間もなく寿命が来るのはわかっています。万事それまでの辛抱、それまでの楽しみかと思っています。

人生の壁●目次

第3章　世界の壁、日本の壁

第4章　政治の壁

第1章　子どもの壁

1　子どもを上手に放《ほう》っておきたい

子どもの自殺が心配

少子化が大きな問題になっています。少子化が進めば、国全体に大きな影響があるのは言うまでもありません。

政府も少子化対策が大切だと口では言っています。しかし、子育て世代にお金をばらまくことを少子化対策と称しているフシもあります。

私はそのやり方ではうまくいかないだろうと思っています。むしろ逆じゃないか、と。お金があれば子どもを作るというのなら、江戸時代はどうなるのでしょう。みんな貧乏だけれども子どもは多かった。国民を貧しくしたほうがむしろ増えるという理屈だって、成り立たないわけでもない。むろんそんなはずはないにしても、少子化について政府が本気で考えているとは到底思えません。

出生数以上に心配なのは、子どもの自殺数の多さです。日本人の死因を見ると、「一〇歳～一四歳」と「一五歳～一九歳」の一位は「自殺」、二〇歳から三九歳までも「自殺」が一位です。もちろん若い世代は、中高年や老人と比べて病気で死ぬ確率が低いので、事故や自殺が上位に来るのは仕方がない面もあります。しかし、他の国と比べると事故より自殺が非常に多いようです。

若い世代に自殺がこんなに多いのはどう考えても変な社会です。若くしていろいろな苦労や健康の問題を抱えている人も一定数いるとはいえ、基本的には活力にあふれ、多くが人生で一番楽しい思いをしていなければいけない時期であるはずなのに、死にたくなるような思いをしている子どもが多いということなのですから。

そこには親の問題も多分にあります。虐待は論外として、そうした問題がない家庭であっても、子どもにとって本当に良い環境をつくれているかは本気で考えたほうがいいでしょう。

子どもに手をかけたほうがいいという錯覚

いまの子どもたちは習い事が多くて忙しいとよく聞きます。親の出費も多いようです。多くの親は、自分は子どもを大切にしている、教育に熱心だと思っているでしょう。無理をして出費している親ならば、余計に「こんなに手をかけている」という気持ちを持つかもしれません。

ただ、そこに少し勘ちがいがあるのではないかとも思います。

そのようにあれこれ習わせることで、子どもが良い方向に育っていくというのは、一種の幻想ではないでしょうか。あれこれ手をかければかけるほど、子どもにプラスになるなどというのは勘ちがいの典型です。

乱暴に言ってしまえば、子育てにあたって親が気を使うべきは、子どもを危ない目に遭わせないことと、食事をちゃんと与えること、そのくらいでしょう。

それ以上、手をかけてもかけなくても、実はそんなに結果は変わりません。

そもそも私自身がそんなに親に手をかけられたおぼえがありません。私の世代はみんなそうでしょう。

習い事だの塾だのよりも、むしろ兄弟姉妹がいたことのほうが、よほどためになったように思います。存在そのものに教育効果があるともいえます。兄弟姉妹で助け合ったり、けんかしたりすることが、成長を促すのです。

幼い頃は「褒めて育てる」が正解

このように言うと、「あんたの頃とは時代が違うよ」と思われるかもしれません。でも時代が変わっても変わらないことは多くあるのです。

たしかに水泳やピアノのようなものは習わないと身につかないので、習わせる意味はあるのかもしれません。しかし、それらについて英才教育をしたからオリンピック選手や一流ピアニストになれるわけではないのはわかりきったことです。ほとんどの人にとっては、よくて趣味、あるいは幼い頃の思い出くらいにしかなりません。

早期天才教育のようなものに意味を見出す人もいるようですが、おそらくほとんど意味がないと思います。

このあたりのことについて研究しているのが小泉英明さん（日立製作所名誉フェロ

ー）です。彼が取り組んでいるのは、「コホート研究」と呼ばれるものです。

一般的に子どもの成長を調べる際に、よく採用されるのは、一定数の小学校一年生と五年生の知能などを比較する、といったやり方です。しかし、このやり方では一人ひとりの子どもがどのように成長するのかはわかりません。あくまでも「一年生の平均」と「五年生の平均」を比べて、「平均的な成長のスピード」がわかるだけなのです。だいたいの一年生はこのくらいの能力で、だいたいの五年生はこのくらいの能力だから四年間でこのくらい成長するのが一般的、ということです。

一方、コホート研究は、同じ人間を長期間追跡して見るという方法です。これによって、何か起きたときに、その前にあったこととの関係を見ることができます。A君という子どもの人生を丁寧に見ていき、彼が五年生になるまでに経験したこと、学んだことを押さえながら、その成長を見る。

そうすることで、具体的にどのようなことがその子どもの成長に影響を与えているのかがわかってくるのです。

ただし、A君一人を見ても意味がありません。統計的に意味があるようなデータを取るには数千人単位の人を対象に長期間調査をしなければなりません。また、事前に何を測るのかなども細かく決めておく必要があります。

手間も予算もかかるこの研究に、小泉さんは長年取り組んでいます。

彼によれば、これまでわかっているのは、「乳幼児の時期に限っては、褒めて育てるのが良い」ということでした。一、二歳くらいまでに褒めて育てた子どもたちと、そうでない子どもたちとではその後の社会での能力に差が出たといいます。

別に大きくなったら褒めなくてよいというのではなく、基本的に褒めて育てるのは大切だともいいます。もちろんしつけは大切ですが、とくに乳幼児期には褒められることのほうがはるかに必要だということです。

「お受験」教育は勧められない

一方で、幼い時から「お受験」に代表されるような類の教育をすることは決して勧められない、というのが小泉さんの話でした。

一時期から流行するようになったものに、早期英才教育やコンピュータのプログラミング教育などがあります。こうしたものは、実感として私もあまり良いものだと思っていません。

こう言うとまた「時代が違うよ」と思う方もいることでしょう。

しかし、時代が変わってもヒトの脳そのもののつくりは変わっていないのです。AI（人工知能）の急速な進化に伴って、脳が進化するなどということはありえません。したがって、人間の成長もそんなに変わるはずがありません。

この点を頭に入れておかないと、科学技術の進歩に合わせて人間のほうを変えようという本末転倒の発想になってしまいます。

冗談ではなく、技術によってスーパーマンのような「超人」を作ろうとしかねないのです。ヒューマンエンハンスメント（人間強化）などという試みを真剣にやっている人たちもいます。遺伝子工学などの科学技術を用いて、人体そのものをバージョンアップしてしまおうということですから、まるでアメコミ映画です。しかしこれには何か無理があると思うのが普通の感覚でしょう。

人間の能力について考えるのならば、普通の人を超人にするなどということに知恵を使うよりも、もっと大切な問題があります。

「ケーキの切れない非行少年」をどう考えるか

『ケーキの切れない非行少年たち』(新潮新書)の著者、宮口幸治さんは「境界知能」の子どもに関する問題提起をしています。世の中には一定数、知的障害とまではいえないけれども、IQが低い人が存在しています。IQでいえば、七〇～八四くらいだそうです。この人たちは境界知能の持ち主とされています。

本のタイトルの由来は、宮口さんが医療少年院で出会った子どもたちです。宮口さんは児童精神科医として精神科病院や医療少年院に長年、勤務した経験があります。

彼らに「丸いケーキを三等分にしてください」というテスト問題を出しました。紙には円が描いてある。その円の中心から放射状に直線を引いて三等分すれば正解です。ところが、一定数の子どもはこれができずに、縦に二本線を引いてしまったり、とりあえず半分にしたあとで困ってしまい、苦し紛れに横線を引いたりするというのです。

境界知能の子どもにとっては、このレベルの問題が難しい。彼らは、知的障害にはあたらないため、他の子どもと同じ学校に入り、とくに配慮もされないまま教育を受けることも珍しくありません。

しかし、その結果として、いろいろな問題が生じます。怠け者あつかいされ、愚鈍《ぐどん》だとからかわれるのです。本当は怠けているわけではないのですが、理解してもらえません。親ですら彼らの特性を理解してくれないこともあります。そういうことが重なり、彼らは孤立していきます。

社会的に疎外されていき、犯罪に手を染めてしまう子どももでてきます。なぜ自分の行為が駄目だと言われるのか、なぜ相手が怒っているのかわからないがゆえに、トラブルを引き起こすこともあるからです。

宮口さんは精神科医として医療少年院で働き、そうした少年、少女と向き合ってきました。その成果としてコグトレ（認知機能強化トレーニング）という独自のトレーニング方法を見出したそうです。

こういう子どもを大人たちが見つけて、対応を丁寧に考えてあげることは大切でしょう。何とか勉強についていけるように助けてあげることも必要です。社会のルールなども丁寧に教える必要があります。

ともすれば、世の中は生来ＩＱの高い子どもにばかり注目しがちです。しかし、そういう子どもは勝手に成長して、自分で何かやりたいこと、やるべきことを見つけることもできます。適度に放《ほう》っておいたほうがいい場合もあるかもしれません。

根本的なことを言えば、やる気のない者にいくら教えても無駄、ということは教育に関わった人なら誰でもわかっていることです。勉強に限らず、肉体労働だって同じで、やる気のない者にやらせたら大変でしょう。要はモチベーションのない子どもに、あれこれ働きかけてもあまり意味がないのです。

ゲーテは、「学ぶには時がある」と言いました。時が来ていないのに学ばせようとしても、仕方がないということです。

2　子ども時代は大人になるための準備期間ではない

昔のほうが子どもを大切にしていた

いまは子どもを大切にしていると言いながら、実は大切にしていない気がします。自殺が多いのはそのあらわれだとも考えられます。「昔の方が子どもに厳しくてスパルタだったじゃないか」というのはよくある勘ちがいです。

たしかに体罰やゲンコツはありました。そこだけ取り上げると、スパルタ式で厳しかったように思われるでしょう。

一方で、忘れられがちなのは、昔は子どもが簡単に病気などで亡くなっていたことです。たとえば昭和一四年頃まで、日本では乳児の一〇人に一人が一年以内に死亡していました。この死亡率は戦後、どんどん下がっていき、高度成長期頃には乳児、新生児の死亡は一〇〇人に一人くらいになり、現在の死亡率は乳児が五〇〇人に一人、新生児が一〇〇〇人に一人くらいです。

つまり、子どもはとても弱い存在で、いつ急にいなくなるかわからないというのが、かつて社会の常識でした。そんなはかない存在であるからこそ、親も社会も子どもを大切にしなければと考えていたのです。

この子はもしかしたら何かの拍子に来年死ぬかもしれない。そんな気持ちがあれば子どもを大切にするのは自然なことでしょう。

実際に子どもを亡くした経験を持つ親も多かったのです。そういう人は他人の子どもにも寛容になります。

子どもは大人の予備軍ではない

子どもがいつ死ぬかわからないと思えば、いまのうちに好きに遊ばせてあげようと思うようになるのが自然です。その気持ちは想像できるでしょう。

いまは子どもの時期について、大人になるための貯金をする時期のように考えている人が多いのではないでしょうか。いま頑張っておけば、がまんしておけば、将来いいことがあるぞ、というリクツで子どもに無理をさせる。

すべては将来のための投資、という考え方です。子どもを大人の予備軍としか見ていません。

コロナ禍の時期、子どもたちにずっとマスクをさせることになったのは記憶に新しいところですが、その時のリクツと、この「予備軍」のリクツは少し似ています。

健康のためにはがまんしろ、おじいちゃんおばあちゃんに感染させないために、いまはがまんしろ。すべては将来のため、不安をなくすため。しかし、もしも来年にはこの子が死ぬかもしれないと想像して、それでもあれこれ強いるでしょうか。もっといまの時期を楽しんでほしいと考えるほうが自然でしょう。

将来のためにがまんしろ、先にはいいことがあるぞというのは、子ども時代そのものに価値を置いていないということです。

子どもには子どもの人生があり、その毎日がとても大切なものだと考える。これが子どもを大切にする基本なのではないでしょうか。

子どもへの圧力が増していないか

ところが近頃は、子どもに対して「早く大人の世界に関われるようになりなさい」と教え込む教育が主になってきているようにも見えます。

子どものときから投資だの資産運用だのをおぼえないといけないような意見をよく聞きます。「何とあほなことを」としか思えません。

コミュニケーション能力を高めましょう、グローバルで活躍できる人材を育成しましょう、なんて声も聞きます。組織で使いやすい人材を速成するにはいいのでしょうか。でも、言うことに中身がなければ、コミュニケーション能力なんて意味を持ちません。そして、こういう圧力が強くなることが、若い人や子どもたちにとってよいことだと私には思えません。

こんな調子だから自殺が増えるのでは、と思ってしまいます。

早期教育を勧めている人たちには申し訳ないのですが、そもそもこういうことは、人の日常生活と関係ないのではないかと思うのです。ここで言う日常生活というのは、食事をする、体を動かす、睡眠をとる、といった生き物としての基本のことです。

そこがきちんとしていることが重要であって、お金の知識も英語の能力も早くから身につけても人生にとって大した意味はありません。

幼児教育とか英才教育とか、何かすれば子どもが良くなるというのは勘ちがい。そのくらいに思っておいたほうがいいのです。

親の立場からすればどうしても「何かさせなきゃ」と思うのでしょう。周囲があれこれやっていれば、あせる気持ちになるのもわかります。

でも、多くの場合、無理に何かをさせても結果は大して変わりません。

この「何かさせなきゃ」で無駄なことをするのは、教育に限った話ではないようです。政治家や官僚、とくに前者はかわいそうなくらいに「何かさせなきゃ、しなきゃ」と思いこんでいる。自分たちが何かしたほうが世の中が良くなるという思い込みがあるのです。その結果、バカみたいな政策を進めてしまったのを、これまでに何度見たことか。

ジャガイモも人も勝手に育つ

最近読んで感心した本に『土を育てる　自然をよみがえらせる土壌革命』（ゲイブ・ブ

ラウン著、服部雄一郎訳、NHK出版）があります。著者はアメリカの農場経営者です。

この本で述べられている、ジャガイモの栽培に関する知見は非常に示唆に富んでいます。良い作物を作るため、あるいは多くの収穫を得るためには、畑を耕したり、肥料をまいたり、要は手をかけなければいけないと多くの人が思っています。農業に関わる人たちももちろんそう思っている。

しかし、著者のブラウン氏はそういう考え方がそもそも根本的に間違っていると述べています。

現代農業の「常識」としては、農地を手入れしたほうが良い結果が得られる、ということになっている。でも、土のほうからすればいい迷惑で、人が手を加えると、もともと持っていた構造が壊れてしまうことにつながる。その構造を維持しているのは菌類です。細いヒモのような菌が土の中で形成しているネットワークが壊される。

もちろんそれでも作物はできます。だから多くの農場では土に手を入れ続けてきました。しかし、実は放っておいてもジャガイモは育つことがわかってきました。

ブラウン氏は、せいぜい収穫のあとに上から干し草をかぶせる程度でいい、むしろそのほうが収穫量は増えた、と述べています。実際に農場経営をしている著者が経験を踏まえて書いているのが強みです。

この結論は、私にはとても納得のいくものでした。医学でも同じようなことを感じていたからです。私が臨床医にならなかった理由の一つは、そんなに体をいじっていいものだろうか、という気持ちがどこかにあったことでした。外科の手術では悪いところを取ってしまいます。外見上、健康で、日常に問題がない人であっても、手術を勧めることはあります。しかしその結果として、別の不具合が生じるかもしれません。

医者はいつも、自分の治療で患者が良くなったと考えます。本当は放っておいても治ったかもしれません。医者があれこれやったからこそ治ったとは限らないのですが、その可能性は考えない。

これとジャガイモの話はよく似ています。

ところが、こういう考え方は簡単には受け入れてもらえません。というのも、これまであれこれがんばってきた側からすれば、自分たちの努力が否定されたような気持ちになるのでしょう。

これは教育にも通じる話です。私は昔から人を育てようなどと思ったこともありません。勝手に育つだろう、と。わが子に対しても、成長を期待して何かしたおぼえがない。

あえて言えば、自然と何かするように仕向けることを考えたくらいでしょうか。

自分がこれだけ手をかけたからいい子になった、賢い子になったと親は思いたい。教育関係者も思いたい。塾その他は最初からそう謳っている。何でもコントロールできると思っているから、子どもに対してもそう思ってしまう。

でも子どももまた自然のものですから、基本的には勝手に育つ。その視点を忘れてはならないのです。

子どもについて言えば、好きに遊ばせるに限ります。野山をかけめぐらせればいい。これはずっと持論のように言い続けていることです。子どもに限らず、自然、花鳥風月に接するのはいいことです。自然のものを毎日一〇分も見れば頭が良くなる、などという言い方で勧めていたこともあります。

人生でぶつかる問題はそんなに簡単ではない。そう考える方もいるのでしょう。

でも、そういう問題には、どうせ大人になってから嫌というほど直面して、面倒くささも叩きこまれるのです。

努力と成果を安易に結びつけないほうがいい

「何かしなきゃいけない」という気持ち、「手をかけたほうが良い結果になる」という考えは、あらゆる場面で見られるのではないでしょうか。会社などでも、「私がこれだけがんばっているから、こういう風に回っている」「俺が細かく気を配っているから、何とか持っている」というように思いこんでいる人がいるかもしれません。

これは人間の習性、思考の癖のようなものです。

もちろんそういう気持ちを持つことが無意味だとは言いません。仕事において、がんばることが結果につながることもあるのは当然です。日本人はある時期まで必死に働かないと食えないという状況にあり、実際にみんなでがんばってきました。それゆえに余計に、「何とかしなきゃ」という気持ちでがんばる人が多いのでしょう。

ただ、努力と成果が結びつくとは、あまり思いこまないほうがいいのではないでしょうか。スポーツマンガの根性ものみたいな発想は持たないほうがいい。

大リーグの大谷翔平選手はたしかにものすごい努力をして、素晴らしい結果を出しています。その意味では努力と成果が結びついているのでしょう。でも、普通の子どもや普通の人にそんな努力はできっこありません。しかも彼と同じ量の努力をしても、同じ成果は絶対に得られません。

努力をしたから、これだけ手間をかけたからこんなに上手くいった、成功した。そういう考え方にとらわれないほうがいいでしょう。

ある時、最近の若い人が一番好きなことわざは「棚からぼたもち」だと聞いたことがあります。彼らはどこかで事の本質を見抜いているのかもしれません。努力がすべてではない、なるようになる、です。

ところがどうも世間では「なさねばならぬなにごとも」とがんばって、机をたたくような人が主流になっている。「働かざる者食うべからず」というタイプの人が、幅をきかせているのは、あまり良いことではないと思います。

偉業は意識して達成するものではない

他人から見て大きな事を成し遂げた人であっても、最初から大きな事をしようとしていたわけではありません。偉業というのは、意識して達成するものではないのです。

たとえばアフガニスタンの復興に人生を捧げた中村哲さんは、もともとは虫が好きで蝶を求めてアフガニスタンに行ったことで、現地と縁ができました。その後、医者として同国に赴任し、調べていくうちに、問題は個々の患者ではなく、インフラなど現地の環境にあると気づく。そして見捨てられた農地をよみがえらせるためには、水を引かなければと考えて、実行に移すわけです。

結果として、中村さんがやったことは立派な偉業です。しかし彼自身は、偉業を成し遂げようとしていたわけではないし、ましてや後世に名を残そうなどと考えていたわけでもないはずです。本人が日々、やらなければならないこと、目の前にあることを片付けていくうちに、到達したのがそこだったということです。極端に言えば、中村さんではない人がそこにいても同じようなことをしたかもしれない（もちろん中村さんでしかできないことがあったのは間違いありません）。

中村さんの生き方に感銘を受けるのは良いのですが、最初から中村さんの二代目を目指しても仕方がない。以前から書いているように、仕事の本質は、目の前の穴を埋めることです。穴が空いていたら、困る人がいるだろう。だから埋める。その延長線上に偉業があるかもしれないし、ないかもしれない。

ここを理解していない人がとても多いのです。仕事というのはあらかじめ存在しているものだというのは勘ちがいです。そういう勘ちがいをする人はともすれば、上司や会社に「私の仕事を定義してください」などと求めることになる。そんなことは事前に完全に定められるものではないというのが理解できていないのです。

まず存在しているのは「穴」のほうです。需要と言ってもいいでしょう。自分のやりたいことが先にあるのではなく、求められることが先にある。

大きな夢を持たなくてもいい

もちろん大谷選手や中村さんを「見習おう」という人がいてもいいのです。でも、「ああいう人のまねはとてもできない」と思う人がいてもいい。

子どものうちにそういう考え方をすると、夢がない、覇気がないと批判されかねません。でも、誰もが大きな志を持たなくてもいいのではないでしょうか。

昔から道徳の教科書では、幼い頃から大志を持って努力した、寸暇を惜しんで勉強した、という人が理想のように描かれています。二宮金次郎が代表でしょうか。

一方で昔から「三年寝太郎《さんねんねたろう》」や「わらしべ長者」のような話も言い伝えられています。三年寝太郎は、三年間ゴロゴロしていた男が、ある時急にやる気を出して、偉業を成し遂げるという話。わらしべ長者は、一本のわらを持っていた貧乏人が物々交換を繰り返すうちにお金持ちになるという話。どう考えても彼らは努力をしていないのに、人生がうまくいくのです。

単に面白い物語だと捉えるのではなく、ある種の真理だと考えてもいいのではないでしょうか。この寓話は、努力の放棄を勧めているのではなく、「一生懸命がんばる」ことと一辺倒になってしまう風潮への注意書きだと読むべきではないでしょうか。「棚からぼたもち」です。

意識はそんなにえらくない

「がんばって何かを成し遂げる」ことを過大に評価する背景には、意識が一番えらいと思ってしまうヒト特有の性質があります。自分が(意識して)こうやったからこそ、こういう成果が得られた、と考えるのです。意識が世界を動かしているのだ、と。

でも、これは典型的な勘ちがい、あるいは思い上がりです。腸を意識して動かしている人はいません。勝手に動いてくれているのです。

針を呑み込んだらどうなるか。腸のほうが危ないと判断すれば、刺さらないように動かして、排出させてくれる。多くの場合、大事に至らないのはそのおかげです。

息を大きく吸って吐く、あるいは一定時間止めることは意識してできます。でも、完全に止めてしまうことはできません。またまったく何も考えていない間も呼吸はしています。そうでなければうかつに寝ることもできなくなる。

このように考えれば、意識というのはそんなにえらいものではないのは明らかでしょう。しかし、人工的な空間でだけ暮らしていると、そのことを忘れてしまいます。

私ができるだけ土や木のある環境で生活をするようにしているのも、そのほうが自然だからです。現在の都市生活がこのまま維持できるとはとても思えません。

そのことに多くの人が気づく日は、遠からず来るのではないでしょうか。

3　子どもを大人扱いするのは大人の身勝手

我が家にいたお尋ね者たち

私は子どもの頃から、子どもは大人のことに関わる必要はないんじゃないか、と感じていました。家庭環境の影響もあったのかもしれません。

姉が十一歳、兄が八歳年上で、私が中学生の頃、すでに姉には配偶者もいました。兄も姉も友達付き合いが多い人だったから、しょっちゅう家に、かなり年齢が上の人がいたのです。

大人といっても若者の部類なのですが、彼らの話によく耳を傾けていたものです。

当時の若い人たちは、今から見ればかなりバイアスがかかった考え方や物言いをしていたように思います。兄姉やその周辺の人はいわゆるマルキストでした。左翼、最近ならリベラルとされる人に近い立場です。

だからといって、特別普通と異なることはありませんでした。私にはあまりよくわかっていなかった、というのが正確なところかもしれません。それでも彼らが出入りしている頃には私は中学生になっていたので、何となくその主張は理解できました。

父は亡くなっていたので、家にいたほんとうの大人は母くらいです。彼らは母に対しても説教めいたことを言っていました。あんたの考え方は古い、というのです。

母はそういう場であまり理屈を言う人ではないので反論するわけでもなく、ただ若者の話を聞いていていました。

当時の私の関心事はといえば、基本的に裏山に行って虫を採るとか、川で魚を取るとか、そんな程度でした。鎌倉の海にいるタコをモリで突いて家に持ち帰って食べるといったことが日常生活の中で一番の楽しみだったのです。

幸いなことに、兄や姉からオルグ（勧誘）されるようなことはありませんでした。

今から思えば、まだ呑気《のんき》な時代だったのでしょう。兄の友人が酔っ払って「神奈川県警察鎌倉警察署」という木製の看板を持ってきたこともありました。そんなものをどうすればいいのか。返しに行くとかえってややこしい。

仕方がないので、中学生の私が看板を割って焚き付けにしました。まきなどに火をつけるために使ったのです。一種の証拠隠滅です。

いま警察の看板を盗むなんてことをしたらテロだと言われかねないでしょう。しかもそういうことが三回もあったのです。三回目はさすがに警察も気づいたようで、盗んだ人を追ってきました。

ところが逃げ込んだ先がウチだったのを見て、「ああ、医者の家か」なんて言って引き返してしまった。別に医者の家だからといって法的に許されるはずもないのですが、そういうのどかな時代だったのです。

朝になると、目が覚めた私が「また看板だよ」と思いながら、仕方なく割る。同じ時期にこんなこともありました。ある日家に帰ってくると、見知らぬ人が二階にいて、ガリ版で何かを刷って作っている。見せてくれたのは「球根栽培法」という冊子でした。

ピンと来るのは、年配の方だけでしょうか。植物の栽培法を書いたものではありません。当時、武装闘争の方針を取っていた日本共産党の「秘密マニュアル」のようなものです。爆弾の作り方などの物騒な内容が書かれたもので、当時の左翼の暴力革命の指導書です。「球根～」というタイトルは隠れミノです。

その頃の日本共産党の活動はかなり過激なものでした。武力闘争、暴力革命を本気で考える人たちもおり、山村工作隊などという部隊までありました。農村部に拠点を置くテロ組織のようなものです。この工作隊に、若き新聞記者として潜入取材を敢行したのが、読売新聞のナベツネこと渡邉恒雄さんです。

ある時、冊子を作っている人が、身の上を話してくれました。自分は広島の出身だけれども、戸籍を持たない無戸籍の存在だ、すぐに足がつくから絶えず居場所を変えながら冊子を作っている等々。実際に、鎌倉の我が家にいたのも一週間ほどだったでしょうか。

こんなふうに人の出入りもあり、幼い頃からわりと上の世代と接していたのですが、早くあちらの世界に仲間入りしたいなどとはまったく思いませんでした。逆に、あまり大人たちに関わりたくないなとどこかで感じていたものです。

ませていた子ども時代

もっとも、私自身が子どもらしい子どもだったかといえば、そうとも言えない面もあったように思います。

山で虫採りをするのも好きでしたが、一方で本も大好きで、大人向けのものにまで手を出していたものです。あの頃、本は貴重品でした。読みたい本が手に入らない。児童文学全集が家に揃っている知り合いのことを、いいなあとうらやましく思っていました。図書館も、いまのように充実していない時代です。

一応学校に図書館はあったのですが、あまり利用しませんでした。そもそも私は気に入ったページを破いたりするので借りるのに向いていない。そういう人間が図書館を安易に利用してはいけない。その程度の常識は持っていました。

母親の田舎の相模原市（神奈川県）に疎開した時、祖父母と同居していた叔母さんが文学少女でした。蔵から呉茂一《くれしげいち》訳のギリシャやローマの神話、佐々木味津三《みつぞう》の「右門捕物帖」などを引っ張り出して貸してくれたものです。

「おじいちゃんに見つからないようにしなさい」

と言って渡してくれたのをよく覚えています。まだ小学校一年生くらいでしたから、そんな大人向けの本を読んでいるのがわかると、「子どもが読むんじゃない」と取り上げられるのが明らかでした。

それ以降、実は、ギリシャやローマの神話をきちんと読んだことがありません。それなのにほとんどが頭に入っているのは、当時、夢中で読んだからでしょう。のちに巌谷《いわや》小波《さざなみ》の「百合若《ゆりわか》大臣」を読んだ時に、この元ネタはギリシャの叙事詩「オデュッセイア」だと気づいたことをよく覚えています。

大人から見ればませた少年だったのかもしれません。一通りの漢字と平仮名は読めていたこともあり、大人向けの本をどんどん読んでいました。幼い頃から本を多く読んでいたことは、やはりその後の仕事に役立っているのは間違いありません。おそらく、本に対する思い入れも平均的な普通の人よりも深いのかもしれません。

もっとも、今も昔も、自分の本には大した思い入れがないものも多いのですが。

小学生の頃に死にかけた

数学も因数分解くらいは小学校低学年のときには理解できていたと思います。

そのようにいうと、成績が良かったように思われるでしょうが、そんなことはありません。というのも、病気で入院したこともあり欠席日数が多かったので、進級させるかどうかというレベルだったと後で聞きました。

もともとは二歳の時にヘルニアが嵌頓《かんとん》して受けた手術が原因です。嵌頓とは腸が飛び出て戻らなくなる症状で、放っておくと大ごとになります。

その手術跡があとになって化膿して膿《うみ》がたまった。それがすごく大きくなって、さらに手術したのが七歳の時です。五年かけて腫瘍を育てたようなものなので、よく体が持ったものだと思います。ペニシリンが入手しやすい頃なら簡単に治せたのですが、そうではなかった。

手術をしてくれたのは、近所に住む東大病院の外科の先生でした。当時としては一番大きな一〇〇ccの注射器を腫瘍に刺して、膿を吸い出した。今から見ればかなり荒っぽい治療です。針先がちょっとずれていたら腹膜炎を起こしていたことでしょう。おそらく生き延びられなかった。

決して大袈裟な話ではなく、同じ病室に入院していた脳腫瘍の子どもは手術室に行ったきり、帰ってきませんでした。

結果として、この頃、一人でじっとしている時間があったのも大事だったように思います。そういえば、私の友達では、池田清彦さんと奥本大三郎さんも子どもの時結核などで一年以上休んだ経験があるそうです。小さい時からいろんな目に遭って、今日まで生きているのはたしかです。

父親は一九四二年に結核で亡くなりましたが、あと数年、病気になるのが遅ければ治療可能で生き延びた可能性は高い。そうなると、私もまた別の人間になっていたでしょう。

これ以外にも、おそらく自分が気づいていない危機のようなものはいろいろあったはずです。親が借金を抱えて大変だった時期もあります。

いろいろ経験していたから、自分の人生を動かしているのは自分ではない。かなり幼い頃からそのように考えていました。

ただ、自分でも面白いのは、楽観的だったことでしょうか。隣のベッドの子が亡くなった時でも、自分が死ぬとは思っていませんでした。死ぬのが怖いといったことを言う人がいますが、私はそういうことを考えたことがない。考えてもしかたがないからです。そんな心配をする気持ちがわからない。

死ぬ気がしないから、この年まで生きてこられたのではないかと思うこともあります。

田舎の子が外に出なくなった

現代の子どもに話を戻せば、気になるのは、子どもが駆け回るような環境がない地域が多いことでしょうか。皮肉なことに、とくに田舎の子どものほうが外に出なくなっているようです。

日本中どこもかしこも都市化していて、子どもは部屋の中でゲームばかりしています。

文部科学省の出したデータでは、田舎の子どものほうが肥満傾向は強いとされています。東京や大阪など大都市圏のほうが平均よりも肥満児の出現率が低いのです。

おそらく都会の子は野山には行かぬまでも、習い事などで体を動かす機会があったり、また大人から健康などについてあれこれやかましく言われたりするので運動せざるをえないのが理由でしょう。

自然に接する機会も同様で、都会の人のほうが意識して自然と触れあう機会を持とうと考えて動く。地方の人にはそういう意識が薄いため、実は都市型の生活を送っていることも珍しくありません。

そもそも大人でも、都会の人は運動不足を気にしますが、田舎の人は車に乗りたがって歩かない傾向が強い。昔みたいに学校までみんなで歩くという習慣も減ってきた。誘拐など犯罪に巻き込まれてはいけないのでまっすぐ帰ってきなさい、と言われることになり、そうそう道草も食わなくなった。

たしかに人さらいにあえば大変でしょうが、一方で、あれこれリスクを考えて子どもを外に出さないのがいいことなのか。大人しく部屋にいるのが子どもらしいと言えるのか。

やはりもう少し「子どもらしさ」を大切にしたほうがいいのではないか、と思います。

学生を上手に甘やかしていた時代

社会の若者への接し方にも似たような問題を感じます。私が若い頃はまだ社会がきちんと学生を学生として扱っていたように思います。いい意味で社会が学生を甘やかしていた。これは子どもを大事にしていたのと似ています。

当時は「学生さん」という呼び方が一般的でした。まだ一人前の社会人ではない、というのが前提にあったのです。

だんだん社会全体が学生を「学生さん」として大らかに見てあげるという雰囲気が失われてきた感じがします。最近では、学生のうちから起業するのが偉いと褒めるような風潮すらあります。大学生なのに社長をやっている人がヒエラルキーの一番上にいて、ただ勉強しているよりも立派であるかのように言われる。これも「早く大人になれ」という圧力の一種なのでしょう。

しかし、学生のうちに甘やかされたからこそ、社会に出たらがんばろう、責任を持とうと考えるという面もあったのではないでしょうか。本来、エリート教育とはそういうものでしょう。そもそもかつては大学に行くのはごく少数だったのだから、大学生はみんなエリートだったわけです。

その後、平均寿命がどんどん延び、多くの人が大人でいる期間がただでさえ長くなっているのに、さらにそれを延ばそうという方向に社会が動いてしまっています。しかも本当に成人になる年齢まで引き下げてしまいました。

そんな社会の空気を感じるなと若い人たちに言うのは無理な話です。だから、彼らはなるべく早く一人前になろうと焦ってしまう。本当は「大器晩成、俺は俺だ」というくらいの気持ちを持ち、焦らないほうがいいと思います。

このような状況に、それぞれの承認欲求が絡んでいることが問題なのだ、と池田清彦さんは指摘していました。とにかく早く一人前に、他の人から置いていかれないように、SNSで他人を見て引け目を感じないように……そんなことばかり考えていれば、ストレスも溜まるし、「生きづらい」と感じることでしょう。

幼い子どもならば、親が承認してあげることに意味はありますが、大きくなってから、他人の承認を強く求めることには問題があります。

他人の顔色をうかがうのは、不幸になる第一歩みたいなものです。他人とつきあうなと言っているのではありません。

「他人とつきあうけれども、過剰に気にしない」ということを成長するにつれて覚えていく必要があるのです。必要以上に他人の顔色をうかがわない。

承認欲求が問題になるのは、都市で暮らす人が多いこととも関係しているのでしょう。人口密度と密接な関係があります。

都会にいると、どうしても人間関係のウエイト（重み）が大きくなります。でも、こちらが感じているほどに、向こうはこちらに重みを感じてくれないことは珍しくない。すると承認欲求が満たされなくなります。あるいは孤独を感じやすくなります。

人が少ないところにいれば、もっと他人のことを真剣に気にするようになります。人と出くわすのが貴重です。私も箱根の別荘に一人でいるときのほうが、お客さんを歓迎したくなる。そういうものです。

世間は自分よりも先に存在している

子どもらしさや学生らしさをもっと認めたほうがいい。「いつまでも子どもの心、青年の心を失うな」という意味ではありません。むしろ何歳になっても子どものような人、成熟しない人は困ったものです。大学で働くようになってからは、そういうタイプの人への対処もしなければなりませんでした。簡単に言えば、尻ぬぐいをする必要があったのです。

こういう人の最大の問題点は、世の中を受け入れていないということです。当人たちは世の中が自分を受け入れてくれないことに不満を感じているかもしれません。

実際に、その通りなのですが、実は同時に自分もまた世の中を受け入れていないことがわかっていない。

「世間」にはさまざまな決まりがある。ゲームのルールは先に決まっているという点も理解しなければならない。ところが、世間のルールを自分が決められないことに納得できない人が一定数います。

「俺に相談なく勝手に決めやがって」

何をどう思おうが、どれだけ不満を抱こうが、自分よりも「世間」は先に存在している。この大前提は理解しておく必要があります。

第2章　青年の壁

4　解剖学を選んだのは「確実」だったから

世の中で確かなものとは何だろう

大学で解剖学をなぜ選んだか。世間で医者といえば、内科や外科、小児科等々をイメージする方が多いのは今も昔も同じです。解剖学は決してメジャーな存在ではありませんでした。

それでも解剖学の道に進んだ理由の一つは、「確実さ」があったからです。よくお話ししているように、小学校低学年の時に、敗戦によって世の中がひっくり返ってしまうのを目の当たりにしました。

昨日まで絶対に正しいとされていた教科書に、正しいことを教えていたはずの先生が墨を塗れと言う。大人の言っていることは全部嘘だった。言葉は信用できない。そんな経験をすると、「一体、世の中で確かなものとは何だろう」という問題を考えざるをえなくなります。

一方で自然は嘘をつきません。よくわからないことばかりだけれど、それは自然に問題があるわけではない。

そもそも理系を選んだのも、文系よりは確かな分野だろうという気持ちがありました。医学部でも「確実さ」を求めていき、解剖学が一番確かなものではないかという結論に至ったわけです。

これは別に私だけの考えではありません。昭和二〇年卒業の細川宏先生という東大医学部の解剖学の先生は、「医学の中で一番確実な学問とは何かと考えたら、解剖学だという結論が出た。だから自分はこの道を選んだ」と仰っていました。

ここで言う「確実さ」とは、収入の安定とか、社会的な評価だとか、そういう類のこととは一切関係がありません。

むしろ、医学部を出て解剖学をやったところで、潰しはきかないのです。病院で勤務医として働くこともできないのですから。その意味で経済的な確実さは怪しい。

一応、どの医学部にも解剖学の講座があることはありましたが、基礎研究なので、ポストが十分にあるとも限りませんでした。

あくまでも学問として見た場合、いきなりひっくり返るようなことにはならない性質の分野だということです。

昨日までの一億玉砕《ぎょくさい》本土決戦が、玉音放送の後は平和と民主主義にひっくり返った。そういうことが学問の世界でもあるのではないか。そんなことが真剣に気になる時代だったのです。

解剖で相手にするのは生き物の死体です。これは変わらない。生きている人間を相手にする分野ではそうはいきません。外科であろうが内科であろうが、患者さんはそれぞれ個性があり、しかも日々変化していきます。うっかりすると治ってしまう。なぜかわからないのに治ることが珍しくありません。

命を懸けて特攻した人たちの意味や評価すら一八〇度変わってしまうような時代に生きていると、学問をする以上はどうしても確実なものを求めたくなったのです。

もちろん当時、そんな不安定さを気にしない人も多くいました。何も考えずに順応できるタイプの人は常にいます。

しかし、基礎学問をやる人はそもそもそういう思考の持ち主ではありません。ひっくり返ることに対して強い不安を感じる。世の中がひっくり返ったとして、自分はそれに合わせることができるのだろうか、と思うのです。

私にとってもともと一番落ち着くのは手作業をしている時でした。これはいまでもそうで、だから虫の標本を作っている時が落ち着きます。そういう性質もわかっていたから解剖学を選んだのです。

反対に、生きているものを扱うのは嫌でした。実習に使うネズミですら、情が移って殺せなかった。臨床をやれば人の生死を仕事にしなければならなくなります。そこは割り切らなければいけない。しかし割り切っていいものだろうか、などと私はつい思ってしまうのです。もちろんそんな人間ばかりでは世の中は回りません。あくまでも私はそういうタイプなので、解剖を選んだということです。

お金とは一定の距離を置きたかった

もう一つ、理由がありました。学生時代に見た先輩の医者たちの表情です。東大病院で見かけた医者たちは、みんな機嫌が悪そうだったのです。

あんなに幸せそうじゃない人たちばかりのところに行きたくない。そう考えたのです。価値基準が金銭だとすれば、医者を目指したほうが絶対「得」だという判断になったのかもしれません。でも、そんなものはあてになりません。

当時は今ほどお金が価値の中心になかったようにも思います。先輩の解剖学教授と一緒にタクシーに乗った際、収入の話になったことがありました。運転手さんが月収三〇万円ほどと言うのを聞いて、先輩がボソッと一言、「俺より多い」。東大教授のほうがタクシーの運転手よりも安月給でもおかしくない。そんな時代です。

今にして思えば、このほうが健全な社会だったのではないでしょうか。社会的な地位とか名声と関係なく、身を粉にして働いた人がきちんと報酬を得ていたのです。

話は少しそれますが、これがある意味での日本の伝統だったはずです。たとえば鎌倉幕府にはほとんどお金がありませんでした。だから鎌倉市が世界遺産登録をしたいと考えても、大した目玉がないのです。地面を掘っても下駄と骨くらいしか出てこない。

天皇家であっても、あまりお金を持っていませんでした。そのくらい権力とお金とが分離している健全な社会だったのです。今でも天皇家は私有財産を大して持っていません。このあたりはイギリスあたりの貴族と大きく違いました。

それがかなり変わって、権力とお金が接近して、お金を持つ人がすべてを手にできる社会になってしまった。これをいい傾向だとは思いません。

お金とは一定の距離を置いておきたい、と私は思っているのです。だから、政府がすべての国民に一所懸命投資をするよう呼びかけている昨今の状況は、絶対におかしいと思っています。若い人から老人までもが、お金がお金を生む状態を望むような社会は作らないほうがいいのではないでしょうか。

もちろん金融業も大変な仕事ですし、悪く言うつもりもありません。社会に必要な仕事なのだと思います。しかし、それが最大の利益を得るという社会はどこかおかしいのではないでしょうか。お前の頭が江戸時代から進歩していないのだと言われれば、それまでですが。

バブル崩壊後、日本では銀行の利息がほとんどゼロになり、一九九五年頃からは定期預金ですら増えないようになりました。このようなお金がお金を生まなくなった状況を捉えて、エコノミストの水野和夫さんは「資本主義の終焉《しゅうえん》」と評しました。それをネガティヴに捉える方も多いのでしょうが、むしろ健全な状態に戻ったと見ることもできるのではないでしょうか。

ある時から、身体を使って、社会を回すのに必要な仕事をしている人たちのことを「エッセンシャルワーカー」などと呼ぶようになりました。でも彼らのやっていることこそがエッセンシャル（本質的）な仕事であって、特別な名前をつける必要はないはずなのです。ところが、そうした人たちを特別なもののように扱い、わざわざ「エッセンシャル」などと付けて呼ばなければいけない社会になってしまった。

本質的な仕事をしている人たちの収入が上がらないのに、東京のオフィスでデスクワークをしている人たちのほうが大金を得て、結果として格差が広がっている。乱暴に言ってしまえば、とても大切な仕事をしている人よりも、よくわからない仕事をしている人のほうが裕福になっている。この不健全さに不満を抱く人たちが革命を起こさないのが不思議なほどです。

食えるか食えないかが大問題だった

大学時代の話に戻ります。医学部を卒業する頃になると、いろんな医局から若い先生方が来てくれて、卒業生をスカウトします。

その時に、生理学からは伊藤正男先生がやって来ました。のちに大先生になるのですが、まだ当時は助手でした。生理学というのは基礎医学の一種ですから、これも解剖学と同じで潰しがきかない分野です。

その伊藤先生が、「この通り、私は飢え死にしておりません」と言っていたのをよく覚えています。「基礎医学なんかやっていたら食っていけない」という印象を学生が持っていたからこそ、そう言ったのでしょう。

伊藤先生は背が高くて立派な体格の持ち主でした。その先生が、「十分食えてます」という点をアピールしていた。つまり本当に多くの日本人にとって「食えるか食えないか」が最大の問題だった時代だということです。

暮らしにゆとりが欲しいとかそういうレベルのことではなくて、現実問題として「メシが食えなくなる」というおそれがまだまだ身近にあった。明日の食い物をどうしよう、という感覚です。

その時代を知っている身としては、現在、都市で暮らす人がそれなりの年収を得てもなお「豊かさを感じられない」「将来が不安だ」などと言っているを聞いても、あまりピンと来ません。

今の人の不安というのはずいぶん贅沢だなと思ってしまいます。結局のところ、満足の基準を上げれば不安は常につきまとうのではないでしょうか。

5　煩《わずら》わしいことにかかわるのは大切

自分とは中身のないトンネルのようなもの

ドイツの若い哲学者でトーマス・メッツィンガーという人がいます。彼は著書の中で、自己とはトンネルである、と述べています（『エゴ・トンネル　心の科学と「わたし」という謎』原塑・鹿野祐介訳、岩波書店）。トンネルというのは壁だけがあるけれども中は空《から》です。空ではないとトンネルとしては使えません。

要は、自分なんて空っぽだというのです。面白いのは、この考えが老子と共通している点です。老子は、部屋は中が空でないと使えないと述べています。

現代人、とくに若い人は、おそらくトンネルの中身があると、よく考えないで信じ込んでしまっているのではないか、と思います。その中身のほうを「自分」と呼んで、実体があると思い込んでいる。

その中身が詰まっているほど充実しているという勘ちがいがそこから生まれます。確固とした「個性」があり、それこそが自分の本質だと考えている。でも、実はそうではなくてあるのは壁だけ、確実にあるのは身体のほうです。

仏教もまた、自分なんか無い、ということを昔から教えてきました。「無我《むが》」です。そういう仏教が今は人気が無くなってきているのも理解できます。今の人の考えとはまったく正反対だから受けないのでしょう。

一方で、一神教の世界では、「自分」というものが一貫して存在することを前提としています。最後の審判で、それまでの人生をすべて裁かれるというのはそういうことでしょう。生まれた時から死ぬ時まで一貫した本質的な「自分」があるとしないと、最後に裁かれることを納得できるはずがない。

しかし、三歳の時の自分と八〇歳の時の自分が同じはずがない、というのが日本人の普通の感覚ではないでしょうか。「どうせ裁かれるならアルツハイマー病になって、わけがわからなくなってからのほうがいいな」などとつい考えてしまうわけです。

しかしキリスト教やイスラム教はそんなことは考えもしません。本質的な「自分」が存在しているという前提の上に成り立っています。だから無我なんて聞けば、「なんだそれ」と思うでしょう。

そこで興味深いのが、メッツィンガーです。西洋人である彼は考えに考え抜いたうえで「トンネルだ」という結論に至ったのでしょうが、実はそれは仏教がずっと言ってきたことでした。一貫した自分なんてない、という考えはもともと日本では比較的すんなり受け止められてきたはずなのです。一方で、そういう考え方は、一神教の側から見ればいい加減に映ることでしょう。

でも、「最後に神の前に出るのは誰だよ」という質問に彼らはどう答えるのでしょうか。仮にそういうことになった時に、神の前に立つのは何歳の時のあなたなのか。

空っぽの人間が増えてきた

日本人が共有できていた前提が消えていき、自分はトンネルや壁ではなくて中身が詰まった存在であるという考えが主流になっていくことを、戦後の日本人は進歩だと考えてきたわけです。意識が進んだ、高くなったと。

しかし、結果として空っぽの人間が自分の存在を際立たせようとすると、極端な行動に走ることにもつながりやすいのではないでしょうか。京都アニメーション放火殺人事件からはそういうものを感じます。自分の作品が盗まれたという妄想を膨らませた男が、逆恨みをした末に放火して、三〇人以上の方が亡くなりました。

あの被告は一心に自分の存在を主張していたように見えます。自分はここにちゃんと存在していて、やろうと思えばこんなに大きなことができるのだ、と。

自分の重みを必死にアピールしているのです。前提には、自分には何らかの重みがあるはずだ、あるべきだという考えがあるのでしょう。

人との付き合いがなくなると、日常で「あんたがそこにいると、俺が通れないんだよ」と言われることがなくなります。そんな経験があれば、自分の存在が他人にどのように影響を与えるかも自然とわかるはずです。普通の日常生活を共同体の中で送れていれば、極端な形で自分の存在を示そうなどとはならないかもしれません。

他人と接点を持つのは煩《わずら》わしいことですが、そのおかげで自然と自分の重みを感じることができるのです。お祭りの時に「お前が抜けると、神輿《みこし》を担ぐときに他の人が重くて仕方ないだろう」と言われる。つまり他人と付き合えば、自分の存在には自然と重みを与えられる。しかし他人との関係が希薄になればなるほど、自分で勝手に重みを作りたがってしまう。その極端な例が、あの被告だったのではないでしょうか。

煩わしい日常を喜ぶ

日常で感じられる自分の重みは一つ一つは大したものではないでしょう。しかし、そういうことの積み重ねが実は生きていくうえでは大きな助けになるのです。

私はこの年になっても、人から頼まれて自分ができることはなるべくやるようにしています。それがなければ家で毎日ボーッとしていたでしょう。

多くの場合、頼み事や相談の類は煩わしいものです。でも、それは周りが自分に対して重みを持たせてくれているのだとも言える。また、煩わしく感じるのは実は往々にして、自分の体力の問題です。体力があれば、大抵のことは対応できる。

だから若いうちは煩わしいことに嫌というほどかかわっていいのです。恋愛や結婚、子育ても煩わしいに決まっています。でも若いうちは体力があるから向き合える。

さらに言えば、生きているうえでやることは、煩わしいことばかりです。それをどう考えるかで随分人生は変わってきます。

会社で若手に仕事が集中して、中高年にはヒマそうなやつがいる、それで「何だ、あのオジサンたちは」という不満が絶えない、という話はよく聞きます。気持ちはわかります。下手をすると向こうのほうが高い給料をもらっているのですから、たまったものではないでしょう。

しかし、程度の問題はありますが、体力のあるうちは、煩わしいことにかかわっていたほうが幸せなのです。

ここを今の人は理解していません。修行という考えが消えていったことと関係しているのでしょう。人に頼まれて、付き合いで仕方なく何かをやる。煩わしいかもしれないけれど、それでも一所懸命やると結局は自分のためになるのです。

運動すれば筋肉がつくのと同じです。筋肉のトレーニングそのものはそんなに面白いものではないし、辛く感じることのほうが多いかもしれませんが、サボらずに繰り返せば筋肉は確実につきます。

資格を取ってもスキルは上がらない

筋トレならばその理屈は理解されるのに、会社や組織でのことになると、自分に力がついていると受け止めない人が多い。むしろ割を食っている、損をしていると考える人のほうが多いようです。

なぜそういう考え方になるのかがわかりません。私は若い頃から、その種のことは修行だと思ってやっていました。自分のため、と言ってもいいでしょう。そう考えなければやっていられなかった、とも言えます。

いまは修行という言葉は使わずにスキルアップという言葉が好まれるようです。スキルアップのために、どこかのセミナーに行く、専門の教室に通う、という。そのように努力をして知識を得たり、資格を取ったりすることが悪いとは言いません。

しかしそれは他人が評価するスキルであって、本当の意味での「生きるスキル」ではないと思います。

自分に本当に力がついたということではないのです。

私は医師免許こそ持っていますが、医者として患者さんを診るスキルはほとんどゼロです。もう半世紀どころか六〇年も患者を診ていない、いわゆる「経験なき医師団」の一員です。ペーパードクターです。つまり資格という観点から言えば、医師免許という国家が認めるものを持っているけれども、実際に使えるスキルは持っていないことになります。

本当の力とは、日常の経験から身につくものではないでしょうか。もしかすると、その中には時間外労働も含まれるかもしれません。仕事によっては、土日であっても働かなければならない場合もあるでしょう。

近頃は、働き方改革などといってそういうものは「余分な仕事」として排除していく方向に進んでいます。その一方で、スキルを身につけましょうというのはおかしなことなのです。

もちろん、他人の仕事を請け負いすぎて参ってしまったり、休日もなく働いて身心を壊してしまったりするのは避けなくてはなりません。ブラック労働をお勧めしているわけではありません。

それでも多少の無理をすることにはそれなりの意味があります。さきほどのたとえでいえば、筋肉がつくのです。

「嫌なこと」をやってわかることがある

大学で教授をやっている頃、助手の中にはお葬式で挨拶するのを「絶対嫌だ」と言う人がいました。身内のお葬式ではなくて、大学に献体してくださった人のお葬式です。私は「黙って行け」と言って、取り合いませんでした。今ならパワハラと言われるのかもしれません。本人の意にそぐわない業務を無理強いした、と叱られそうです。

嫌がる気持ちはよくわかるのです。私も嫌でした。献体していただいた恩はあっても、まったく知らない方の葬儀で挨拶するのですから、気分が乗るほうがおかしい。

しかし、別に名演説を期待されているわけではない。一言、二言何か言えばおさまるのですから、そのくらいはできなければ仕方ない。

そんなノウハウを身につけても、普遍性がないと思われるでしょうか。でも、そこで何を言うかを自分の頭で考える経験を積むのが大切なのです。その経験から、人前で話をするにあたっては、ある程度本音が入っていないと駄目だと気付くはずです。

献体者の葬儀における本音とは、「献体してくださって本当にありがとうございました」です。それさえきちんと言えればいいのです。

ここで事前に教授である私がこういうことを言え、と具体的に教えては駄目です。「絶対に嫌だ」と思っている本人が考えたうえで、苦し紛れでもいいから挨拶をひねり出さなくてはいけない。こういう経験もまた修行なのです。

下手に事前にカンニングペーパーをもらって、暗記していっても駄目です。それでは伝わらない。

そういう意味では安易に準備をしないということも大事です。そもそも人生とはそういうものでしょう。

準備できないこと、予期しないことが次々目の前に現れて、それに対処せざるをえなくなる。人生はその繰り返しなのです。他人の物差しで評価される「スキル」は案外、役に立ちません。

6　貧乏は貴重な経験

青春時代って何だろうか

人生を振り返って、あれをやっておけばよかった、というような後悔はありません。かなえたかった夢があるかと聞かれれば、そんな夢は持たないようにしてきた、と答えるでしょう。

年寄りになったから言うわけではなく、子どもの頃から大志だの夢だのを抱こうとは思っていませんでした。だから今の若い人にも「夢を持ちましょう」などと言うことはできないのです。自分が持っていなかったのですから。

これは自分自身の性分に加えて、やはり戦争の影響もあったと思います。戦前は勇ましい人がたくさんいました。男子たるもの一国一城の主に、というわけです。そしてあの頃、羽振りが良かったのは軍人さんでした。

しかし敗戦で世の中が一八〇度変わってしまった。あんなに勇ましかった人たちが転落していきました。それを目の当たりにすれば、用心深くなるのも当たり前でしょう。そんなに大きな事を考えるものではない、となる。

傍から見れば老成した子どもだったのかもしれません。しかし、実のところ世間でいうところの「青春時代」を送ったようなおぼえがないのです。

一体、青春って何のことだろう。そんな風に思っていたのです。

もちろん、世間ではいつでも青春というものが大きなテーマであることは知っています。しかし私にはピンと来なかった。だから石原慎太郎さんのような人は、私には不思議な存在でした。

五歳年上で、住んでいる場所も私が鎌倉、石原さんが湘南だから近いのですが、まったく別世界の人という感じでした。海で青春を謳歌《おうか》する、なんて一体どこの世界の話だと思っていました。

石原さんは国のトップを目指したり、あるいは文学で高い評価を得ようとしたり、大志を抱いていたようですが、私とはまったく感覚が異なるのです。私は一貫して、大きなことを考えずに生きてきました。

運動が苦手だった思春期

私が通った栄光学園（鎌倉市）は中高一貫の男子校で、女子との接点がありませんでした。女子が周りにいない環境で育ったことの影響は大きかったようです。あまりそちらにエネルギーを費やさなくて良かったかな、とは思っています。ただ、女性に対して変なロマンチシズムが生まれやすい環境であったかもしれません。実際に身近にいない分、偶像化しやすい傾向にあったともいえます。

高校の頃は、虫と本が関心の中心という暮らしでした。一応、サッカー部に所属していたのですが、元来、走ることが苦手で、スタミナもスピードもない。うっかり走ると気持ち悪くなる始末です。

しかも、私は空間把握能力にも欠けていました。サッカーが上手くなるには、ボールの位置や選手の位置を俯瞰《ふかん》で捉える必要があるのですが、そういう能力がまったく無かった。まったく強いチームでもないのに、当然控えでした。

いわゆる受験用の勉強はやっていませんでした。学校の教育方針が、授業をきちんと理解していれば、受験には対応できる、というものだったのです。おそらく一般の高校よりもそのあたりはレベルの高い教育をしていたのだと思います。それで東大理科Ⅱ類に実際に入れました。

今とは違って、理科Ⅲ類はなくて、Ⅱ類から入って、医学部に進むには再度東大内での試験がありました。

そのため、東大内には仮面浪人みたいな人がたくさんいました。農学部に一応進学したけれども、実は医学部への移籍を狙っている、というような学生です。こういう人がかなり年を取ってから医学部にようやく進んだりする。私の代の卒業生代表はあきらかにもうおじさんでした。たしか農学部を出て、一度はタンゴの楽団でバイオリンを弾いていたといった経歴の持ち主でした。

そんな腰掛けが増えては困るというので、他学部からは苦情も出るようになり、それで最初から医学部に進むのが前提の理科Ⅲ類がつくられました。

貧乏は人を育てる

一般論として言えば、若いうちにはいろいろな体験をしておいたほうがいいのはたしかです。実際に体を動かしていろいろな人と会う。若い時から外国に出て経験を積んでいた人に会うと、その意義がよくわかります。

知人の中では、漫画家のヤマザキマリさんがその代表でしょうか。大概のことに応用が利く力を持っているように感じます。ヤマザキさんは漫画を描いたり、文章を書いたりするのが仕事ですが、おそらく他のことを任せても何とかなるのではないかという印象を受けます。極端にいえば、大臣でも務まるのではないかと思います。スキルを超えた力を持っている。

ただ外国に行けばいいというものではありません。英才教育の一環としてとか、語学留学でとか、そういうものはここでいう体験とは少し異なります。

親がお膳立てしたレールに乗って行くのでは意味がありません。

ごく簡単にいえば、裸一貫の生活をしたか、貧乏体験をしたか、というあたりが一つのポイントになるのではないでしょうか。

ヤマザキさんがエッセイなどで綴っている体験談にはすさまじいものがあります。ある時、ホームレスが彼女の家のドアを叩いて、物乞いをしようとした。けれども出てきた彼女を見て、同業者だと思って黙って帰ったのだそうです。

私の言っている体験とはこういう生活を送ることです。もちろん、無理をして貧乏暮らしをせよという意味ではありません。

引き揚げ経験者は大人だった

戦後、三〇〇万人ほどの民間人が大陸から引き揚げてきました。この人たちは相当な苦労を海外でしてきました。最低の生活を基本として考える習性が身についています。彼らが戦後の社会に与えた影響は大きいのではないでしょうか。

最初に旧ソ連軍が入ってきて、続いて蔣介石の国軍がやってきて、続いて中国共産党の軍が入ってきた。次々支配者が替わっていくのを見ながら、日常の生活を敵国で維持しなければいけない。もちろん引き揚げにも備える。帰れない人も目の当たりにする。こういう人たちは国家というものについての考え方も、日本にずっといた人と同じはずがありません。

それがある時期に一気に三〇〇万人も帰ってきたのだから、日本の社会に何らかの影響を与えないはずがない。

医学部生の頃、こんなことがありました。自治会の人間がある問題について「みんなでデモに行こう」とアジっていた。「アジる」というのは死語かもしれませんが、アジテーション（扇動）をしていたわけです。

それに対して、ある学生が立ち上がって、そんなことをしても、かくかくしかじかで意味がないということを説いた。何とも大人の意見だなあと感心しながら聞いていました。みんなも静かに聞いていました。

要はある種の頭で考えた理想、理屈を言う人に対して、冷や水をかけた。この人は学生といえども、すでに世間がわかっていたのでしょう。あとになって、彼が引き揚げ者だと知り、「なるほど、だからああいう風に振る舞えたのか」と納得したものです。

難しいのは貧乏すればいいというものでもない点です。苦労も同様です。貧乏も苦労も、あまり身についてしまうと良くない。

また、貧乏と貧乏くさいのとは別物という気もします。このあたりは、どこが分かれ目なのかはわかりません。ずっと同じ服を着ているから貧乏くさいというような話でもない。うちの女房は、「これは三〇年前の服だ」なんて自慢をしていますが、どちらにあてはまるのか。

第3章

世界の壁、日本の壁

7　世界は一つにはなれない

西洋の思想が世界を覆った

世の中の多くのことは、八〇歳を超えた私がいまさら心配してもしかたない。どうにもならないことばかりです。それでも気がかりなことはあります。

一番大きいのは、世界のほとんどが「西洋文明化」してしまったことです。その影響があちこちで出ている。良い影響もありますが、もちろん気がかりというからには、悪影響が頭にあります。

世界中が西洋文明を取り入れて、それに覆われるようになってしまいました。英米人自身それに気づいて、「ＷＥＩＲＤ」なんて言葉を使っています。ＷはWestern（西洋の）、ＥはEducated（教育を受けた）、ＩはIndustrialized（工業化された）、ＲはRich

（金持ちの）、ＤはDemocratic（民主主義）です。そういう人たちの価値観だというのです。この言葉は「奇妙な」といった意味も含むので、あえて使っているのでしょう。現在の科学技術というものは、基本的に西洋文明の粋を集めたものです。

科学の進歩を拒否していては、何も始まらない。そう考えるのは無理もない話で、たとえば現代の日本でＩＴ技術と一切かかわらずに暮らすのは困難でしょう。

本来、科学技術そのものは中立の存在です。どこででも同じように通用する。アメリカで生まれた技術が、中国でもロシアでも北朝鮮でも使えるという性質があります。

しかし、科学技術が広まるのと同時に、そのもとにある西洋思想も世界を覆うことになりました。思想というと高尚なものに思われるかもしれませんが、西洋の価値観、ものの考え方といってもいいでしょう。

科学技術だけを純粋に取り入れておき、他のことは自分たちの流儀のまま、とはいきません。実はこのことが資源問題やエネルギー問題、あるいはさまざまな紛争の根本にあります。非西洋の社会にとっては、いつの間にか自分たちとは異なる価値観が入り込んできたのですから、戸惑ったり、ぶつかったりするのも当然です。

グローバル化の流れは止められない

この点で、日本はどうでしょうか。当然ながら、もともと日本も西洋思想がベースにあったわけではありません。しかし、明治維新と先の戦争での敗戦という二つの大きな転機で、西洋思想を無条件、あるいは無防備に取り入れることになりました。その時期に人々は戸惑いをおぼえ、いろいろな形でぶつかり、摩擦が生じたわけです。

ロシアも同じような経験をしました。一七世紀、ピョートル大帝の時代に西洋思想が入ってきて、古くからの価値観とぶつかり、その後誕生したのがロシア帝国です。

それまでは西欧のものだった農奴《のうど》制がロシアにも根付くようになったのがこの時期でした。しかし、ロシア革命が起きたことで、また国の形が変わりました。今度は一気に、共産主義を理想として掲げるようになったのです。

このように世界中が西洋化するというプロセスを経て今日に至っているのですが、その流れに何千年も逆らってきたのが中国です。しかし近年、中国ですら変わらざるをえなくなりました。かなり中国流の加工をしているとはいえ、西洋の科学技術、さらに資本主義を取り入れて、現在の中国があるわけです。

こうした西洋化は、近年、グローバリゼーションと呼ばれるものとほぼ同じです。直訳すれば「世界化」ですが、その実態は「西洋化」と同じことです。

そして、ごく大ざっぱにいえば、思想や技術のグローバリゼーションのような流れは絶えず続いていて、止めることはできません。

まれに個人の好みや信仰で原始に戻った生活をする人や、文明から隔絶された生活を続ける人はいるでしょうが、社会全体が逆戻りすることはないのです。

自然保護のおこがましさ

科学技術は、そもそも人間のためにあるものです。もちろんそれによって人間が苦しむケースも多々あるのですが、それでも人間自体への直接的な影響は自然へのそれと比べると大きくないといえます。

一方で、自然に対する影響はかなり大きなものになってしまうことがあります。たとえば、昔は木を一本伐るのでも、簡単ではありませんでした。ところが、さまざまな機械が開発されたことで、簡単に山の木をどんどん伐ることができるようになった。

島根県の三瓶山《さんべさん》にある三瓶小豆原埋没林《あずきはらまいぼつりん》公園に「さんべ縄文の森ミュージアム」という博物館があります。ここに埋没林が展示されています。

埋没林とは簡単にいえば、木の化石のことで、ここでは根をはったまま地層に埋もれていた縄文時代の樹木を見ることができます。

とても太くて立派な木を見て、博物館の人に、

「縄文時代の人には巨木信仰のようなものがあったんでしょうかね。大きな木を大切にしたんでしょうか」

と尋ねてみると、

「当時の石斧で太い木を伐れるはずがないでしょう」

言われてみればその通りで、大切にするもなにも、そもそも伐ることができなかっただけのことです。だからそのまま巨木が放置され、結果として埋没林となり、私たちも目にすることができる。

しかし今ではそんな巨木を簡単に伐ることができます。近代以降の科学技術によって、長年、人間が伐るのが大変だった巨木であってもどんどん伐採することが可能になりました。つまり人間が自然環境をあっという間に変えられるわけです。何千年も存在して

いた巨木が下手をすると数時間で伐り倒される。

こうした影響が顕著に見られる代表例がアマゾンの熱帯雨林でしょう。熱帯雨林が危機に直面していることはよく伝えられますが、もとをたどれば、科学技術の進歩やグローバリゼーションの結果なのは言うまでもありません。

それらへの反省もあってか、最近は「熱帯雨林を救え」という類の話が持ち上がっています。問題は、科学技術で壊したものを、また科学技術で何とかしようという発想が基本になっているところです。西洋文明によって壊したものを西洋文明でもとに戻せると考え、戻そうとしている。

現在、「自然保護」と称しているもののほとんどには、こうした考え方が基本にあります。でもそうした発想で何とかなる、何とかできると思っているのは、どこかおこがましいように思えます。人間が自然を「保護」できると考えるあたりが典型的な西洋的発想ではないでしょうか。

田んぼを目の前にして、それを自分自身だと思う人はあまりいません。でも、そこで穫れた米がいずれ自分の身体になるのですから、田んぼは決して自分とまったく別の存在ではない。自然は決して自分と切り離された存在ではないことを前提に置いて、環境問題を考えるべきでしょう。

環境問題に感じる先進国の勝手

環境破壊とは、西洋思想やそこから生まれた科学技術をベースにしたグローバリゼーションの負の面ととらえることができます。

熱帯雨林に限った話ではありません。地球の気温ですら人間が何とかできる、科学技術でコントロールできると考えています。だから「温暖化防止」などと言うのです。

一九九三年に日本が締結した「生物多様性条約」あたりも西洋思想によってつくられたものの典型です。これは、日本が議長国となった「COP10（生物多様性条約第10回締約国会議）」でのニュースが記憶に新しいかもしれません。「多様な生き物や生息環境を守り、その恩恵を将来にわたって得る」という目的で締結された条約のことです。その理念を悪いとは言いませんが、西洋側、先進国側の都合が先に立っているようにも見えます。

こうした主張をしている人たちが、たとえば何をしているのか。生物の多様性を守ろうと言って、ラオスのような国に対しても規制を加えようとしています。自然保護のためには、虫を勝手に採ってはならない、というのです。

ラオスには若原弘之君という昔からの虫仲間が住んでおり、私も何度も虫採りに行きました。彼は昆虫採集のプロとして、そういう規制についての相談をラオス政府から受けているとのことでした。

しかし、現地の人たちは大昔から虫を食糧にしながらも、長い間、問題なく共存してきたはずなのです。彼らは虫の生息地を必要以上に荒らすようなことをしていません。

それなのに、今になって国連などが「自然保護」という理想やお題目を掲げ、それまで関心を持たなかったような人たちが一方的な規制を求めることに、どれほどの意味があるのでしょうか。どう対処すればいいのか、若原君もお手上げのようです。

『バカの壁』で指摘していたこと

ここまで、かなり大ざっぱに西洋思想という表現を用いてきましたが、もちろんその中にもいろいろなものがあります。ただ、思想の大元にはキリスト教があると考えてよいでしょう。

本来、キリスト教に代表される一神教の考え方だけが正しいはずもなく、それ以外の考え方もあるはずです。ご存じの通り、日本は八百万《やおよろず》の神です。

ところが、グローバリゼーションによって前者が主流になる流れが加速していき、その勢いは止まりません。

大きな問題は、一神教同士はぶつかりやすいという点です。その最たるものがずっと続いているキリスト教とイスラム教の衝突でしょう。今は犬猿の仲に見えますが、両者は同じ根っこを持つ一神教です。唯一の「正しい」とされる絶対的な存在を持ち、固く信じている。これが『バカの壁』（新潮新書）などで指摘してきた問題でした。

つまり、一つの考え方を「絶対に正しい」と自分の中で定めてしまうと、それ以外の考え方を理解できなくなる。認めることができなくなる。それどころか、自分が知りたくないことについては自主的に情報を遮断してしまう。

このようにして立ちはだかるのが「バカの壁」です。この壁が、他の考え方を持つ人を理解不能な存在にしてしまう。

先ほど触れた中村哲さんは二〇一九年にアフガニスタンで銃殺されました。現地の人たちのため献身的に働いてきた方です。キリスト教徒だったそうですが、中村さん自身がキリストのように仕事をしていたと言っても過言ではありません。

そんな方が現地の人に殺されてしまった。なぜ中村さんのような人が殺されなければならないのか。ここに一神教同士のぶつかり合いという問題の根深さがあらわれています。

夏目漱石の苦悩は現代を先取りしていた

日本の場合、西洋文明との衝突が、いつの間にか日常生活を大きく変えることがありました。それがよくわかるのが夏目漱石の作品です。

夏目漱石は江戸時代の末期、慶応三（一八六七）年、東京に生まれました。江戸っ子だった漱石には、欧米からの圧力が作用して生まれた薩長中心の明治政府に対しては思うところがあったことでしょう。

この前までは尊王攘夷だったはずなのに、いつの間にか何でもかんでも西洋式になびいていく。そんな流れそのものに違和感をおぼえていたにちがいありません。

最近、『吾輩は猫である』を読み直したのですが、そういう観点で読むとまた新鮮な印象を受けます。西洋文明が流れ込み、日常にまで影響を及ぼしてしまっていることへの漱石の反発が文章の端々に表現されているように読めるのです。

ここで効果的なのが猫の存在です。猫はあくまでも猫であって、人間の思想などとは無縁な中立的な存在です。その視点で人間の世界を捉えることで、時代のおかしさを浮き彫りにしようとしている。

たとえば、細君《さいくん》が主人に尻を向けているという描写があります。そんなことはついこの前まで、武家では考えられないような振る舞いでした。それがいつの間にか日常の光景になってしまっているわけです。誰かが命令したわけでも、決まりを変えたわけでもなく、あっという間に西洋化していったのです。

そうした変化すべてが悪いわけではありません。日常から変えていかなければ、日本は当時の西洋化に対応できなかったでしょう。

欧米が軒並みアジアやアフリカに進出していた時代、非西洋文明の国の側では同様の問題が発生したはずです。どのようにこの流れに対応するのか、あるいは抗するのか。奴隷日本よりも弱い立場の多くの国は完全に言うことを聞くほかなかったでしょう。

まで連れて来られて、強引に西洋のやり方を押しつけられ、なすがままに身をまかせる以外の選択肢はなかったのです。

一方で、すでにある程度の国力があり、発展をしていた日本は、日本のやり方をある程度維持しながら、適応することになりました。ただし、全面降伏とはならなかったために、あれこれ葛藤が生まれました。その葛藤を抱えた典型が漱石だといえます。

このあたりについて中国は別のスタンスです。ある分野ではまったく節操もなく西洋式を取り入れます。最近では、金儲けになるのならなんでもよいという感じで、西洋式のやり方を意識的に取り入れているように見えます。

ところが一方で、日本のように日常まで変えてしまおう、西洋式にしようという姿勢は見られません。それがよく示されているのが中華街です。

世界中どこに行っても、同じような中華街がある。つまり、自分たちの暮らすところは中華式のままにしておくと決めているわけです。

立派な標語は信用できない

西洋思想あるいは、西洋の理想で世界を一つにまとめてしまう、縛ってしまうのはとても難しい。それはあくまでも一つの考え方や立場に過ぎない。

一つの思想だけで考えると、どうしても世界中を一律のルールで縛ろうとする方向に進みがちです。しかし、現実の世界に適した決まりを世界規模でつくるのはとても大変なのです。さきほど触れたように、ラオスでの虫採りのルールを国際ルールと同じにする必要があるのかは、はなはだ疑問です。

近頃は、ＳＤＧｓが大切だといって、世界中でそれを理想にしようという話をしています。理想の一つとして自然の中で暮らす人たちを持ち出す。

「こんなふうに環境に優しい生活を目指しましょう」

しかし、そういう人たちの写真パネルが飾られているのは、完全に自然と切り離された国際会合の場です。ニューヨークのコンクリートでできた立派なビル内のエアコンが効いた部屋で、ＳＤＧｓを話し合っている。とても本気とは思えない。そのこと一つとっても、容易には昔の世界に戻れないことはあきらかではないでしょうか。

今のように人工的な世界をどんどん拡げていくことにも限界があるのは間違いありません。その限界に気づいているからこそ、ＳＤＧｓなどと言いだしたのでしょう。ＳＤＧｓのためにということで標語みたいなものがいくつも並んでいます。こうすれば世界は良くなる、というのでしょう。

しかし私は立派な標語を並べているのは、やる気がない証拠だと思っています。かつての一億玉砕、本土決戦というのと大差ない。

「生物多様性」という言葉にも似たようなものを感じます。もちろん生物は多様ですし、その多様性を大切にしようということに反対するわけがない。でも、これを国連のような場で標語のように唱えていることに、嘘くささを感じるのです。

多様性は自然の中で「感じる」ものであって、「多様性」などという一つの単語でまとめてしまえるものではありません。「感覚」を言葉で簡単に置き換えられると思っているのが、現代の人の大きな勘ちがいなのです。

実のところ、「多様性」を大切にしようなどと日本でも世界でも言っているのに、現実の社会はどんどん正反対の統一化に進んでいます。私の若い頃は、働かないでブラブラしている人なんて世間に珍しくありませんでした。そういう人については、「そういうものだ」と受け止めてとくに気にもとめなかったのです。

町には上半身裸の人がウロウロしていました。肉体労働の人は、そうしないと大変だからです。でもそれが許されなくなって、暑い中でも作業着を着るようになった。

感覚ではなく意識が優先される社会、それを脳化社会と呼んできたわけですが、世界全体がその方向に進んでいくと、多様性を認めなくなります。言葉はすべてを同じにする、「統一」するからです。「リンゴ」と一言でまとめると、このリンゴも、あのリンゴも同じになる。でも、それぞれよく見れば大きさも違うし、食べてみれば味が違うこともあるでしょう。

そういうことを考えないまま多様性を大切にしようなどと言ってもあまり意味はないのではないでしょうか。

国境は頼りないもの

西洋と非西洋の衝突は、戦争や紛争という形を取ることもあります。

ウクライナとロシアの戦争もその一つでしょう。プーチンの野心による侵略だという見方が主流ですが、そんな単純なものではありません。

もちろんロシアが一方的に侵略をして人を殺すのは良くないことです。しかし、ロシアの側はクリミア半島はじめウクライナはもともと自分たちの領土の一部だとしか思っていないわけです。私は、それが当然だと言っているのではありません。残念ながら彼らにはそう見えてしまっているということです。

同じ文化圏で、同じような言葉ではないか。見た目だって区別がつかない。それでなぜ別の国なのだ、と。大ざっぱにいえば彼らはこのように考えている。

それだけではなくてポーランドも北欧も、あちこちについて、もともとは自分たちのものだとロシアは思っています。しかも、そこに何の根拠もないかといえば、そうとも言い切れないのが難しいところです。

現在の国境線、あるいは国家というのは一九世紀以降に欧米が中心となって定めたものがほとんどであって、別の線引きだってありえるのです。とくにアフリカや中近東はそうでしょう。

イギリスとフランスとが決めた国境線をどうして守らなければならないのか、とシリアが思っていても無理はありません。もともとはオスマン・トルコ帝国の一部だったのが、帝国主義の時代にイギリスとフランスの植民地となって、現在のような国として独立したのが一九四六年でした。それまでの長い歴史と、現在の国境線は必ずしも一致しません。

中国も同様です。台湾はもちろんのこと、沖縄ですら自分たちの一部だとどこかで思っているのでしょう。それを認めてあげようなどと言うつもりはありません。ただ、彼らは本気でそのように世界を見ているということは知っておいたほうがいいでしょう。日本人がどう思っているかは関係ないのです。

実際に、世界は国境ですっきりと分かれているわけではありません。

以前、学会でアルゼンチン人とブラジル人が話をしている場にいたことがあります。何語で会話しているかと思えば、片方がスペイン語で片方がポルトガル語のまま。それでも通じています。関西弁と東京弁みたいな関係だろうか、と思いました。

ヨーロッパでは国名と言語の名前が一致しない地域は珍しくありません。国の中で言語が分かれていることもあります。以前、電車の中でドイツ語を話している人がいるな、と思いつつ、話してみると、実はドイツ人ではなく、イタリアの地方出身者だった、なんてこともありました。

私たちは第二次世界大戦後の国境というものを絶対的なもののように考えがちですが、実態はそうでもないこともあるし、そこまで確固としたものだと考えていない人は世界中に多くいるのです。

こういう話をすると真面目な人が、「国連を否定するのか」とか「侵略を許容するつもりか」と怒りそうですが、戦後、欧米が中心となって作った常識（ＷＥＩＲＤ）を絶対に正しいものだとか、問題解決への近道だなどと思っていると、かえって遠回りになるかもしれないという視点は持っておいてもいいいと思います。

西洋化、グローバリゼーションの大きな流れに逆らうことはできません。しかし、そこから生まれたさまざまな考え方が、絶対のものだとは思わないほうがいいということです。

8 歴史は急によみがえる

日本は暴力支配の国だった

中国の軍事力が増したり、ロシアのウクライナ侵略が起きたりしたことの影響もあって、日本でも防衛力増強、防衛費倍増といった議論がされることが多くなりました。ひと昔前と比べると、そうした話への抵抗も少なくなりました。当然といえば当然の流れなのでしょう。国にとって防衛力が必要なのは当たり前です。

ただ、日本の歴史を振り返ったときには、少し心配になる点もあります。

日本では、鎌倉時代以降、明治維新、そして先の戦争で敗《ま》けるまでは武力を持っている人が、実際の政治権力を持っていました。頂点に天皇がいたとはいえ、実質的な権力は、その時々の幕府、政府に握られていました。その権力の背景にあったのは、武力です。

言葉は悪いけれども、「暴力支配の伝統」があったということになります。私たちはあまりにもその伝統になじみがあるので、そうした状態に違和感を持たない方もいるかもしれません。もちろん欧米でも支配の背景に暴力、武力が存在しているという面はあるのですが、一方で、別の論理が機能していたのです。

この点を指摘していたのが、評論家の山本七平《しちへい》さんでした。『一下級将校の見た帝国陸軍』（文春文庫）は、山本さんの従軍経験をもとに書かれた本です。

山本さんは、フィリピンで終戦を迎え、米軍の捕虜収容所に入れられます。その内部でどんな組織ができたのか。この本では、自身の経験や他の人の本をもとに、日米のちがいを説明しています。欧米人の捕虜と日本人捕虜とでは異なる組織をつくっていたというのです。

アングロサクソン系では機能的な組織がたちまち作られた。一方で、日本では牢名主《ろうなぬし》のような人がトップになり、それに子分がついて支配する組織が作られた。ここで言う機能的とは、それぞれの捕虜の得意分野などをもとにして、組織全体がうまく回るように作られていたということです。専門家やビジネスマンが実行委員会をつくり、警察、建設、風紀、給食、防火、教育等々、必要な委員会や部を設け、委員長などを選びました。そのようにして、狭い収容所の中に、一つの秩序を持った社会をつくりあげました。驚くべきことに、秩序を守るための裁判所までつくったそうです。

一方で、日本人は、要は力の強い者が支配する組織をつくったというのです。暴力支配の伝統が復活したということでしょう。

力による支配なんて野蛮な時代、過去の話であって、日本は平和そのものじゃないか、と思う方もいるでしょう。でもそのような見方に私は素直にうなずけません。

歴史上にあったことが、何かのタイミングで完全になくなってしまうなどというのは、錯覚ではないでしょうか。

たしかに敗戦によって日本から軍隊はなくなりました。平和ボケなどといわれるくらいに、きわめて〝平和主義〟的な国になったのです。

しかし、では長年歴史上存在していた暴力支配の側面が消えうせてしまったか。戦前まであった性質がきれいに消えてしまったのか。そんなことはありません。経験からも私はそう考えています。

常に例に出してきたのは、全共闘運動が盛んだったころのエピソードです。学生運動が盛んだった時期、全共闘の学生たちが大量動員をするというのを聞き、東大の御殿下グラウンドに見に行ったことがあります。

そこで見たのは、竹槍を持って並ぶ学生たちの姿でした。竹槍なんて、戦時中の日本人が本土決戦に備えるなどといってつくっていた武器です。彼らはみな戦後生まれのはずです。一体、どこでそんなものを知り、引っ張り出してきたのか。

これはあくまでも一つの象徴的な例にすぎません。しかし、そういうふうに歴史というのは繰り返すものなのだと私は思っています。

暴力のコントロールが重要

防衛力を増強する、防衛費を倍増するとなると、当然、軍隊（自衛隊）は強くなります。問題は、強くなった軍隊をコントロールする側の能力です。政治家たちにここまで述べたような認識があるか。つまり暴力というものへの定見があるのか。

軍隊を暴走させないための知恵とされているのが、シビリアンコントロール、国民に選ばれた政治家が軍隊を統制するという考え方です。

この「シビリアンコントロール」という言葉に対応する日本語がないのは、非常に象徴的だといえます。「文民統制」というのは、あとになって作って当てはめた言葉であって、もとから日本にあったものではありません。無理やり作った言葉なのだから、身についていないのも当然でしょう。

もちろん日本には日本の知恵があって、ふだんは暴力を抑制するようにしていました。決して力の強い者が自由気ままに実力を行使して、乱暴狼藉《ろうぜき》を働いていたわけではありません。歯止めになっていたのは武士道です。

なぜ伝統的にサムライの規律、道徳が厳しかったかといえば、支配階級がむやみやたらに暴力を行使してはろくなことにならない、だから常に抑制をする必要があるという常識があったからです。

これが日本の伝統であり、知恵でした。だからこそ彼らは名利《みょうり》（名誉と利得）の両方を得ようとはしませんでした。先ほども触れたように、支配階級があまり金持ちではないのは日本の特徴です。世界的に見た場合、支配階級と一般人との格差が極めて小さいのです。

明治の元勲《げんくん》たちも、お金ではなく名誉を重視しました。だから彼らはもっぱら爵位《しゃくい》を求めたのです。

彼らは自分たちの持つ力の性質に自覚的だったからこそ、抑制的に振る舞うことを心がけていたとも言えます。西洋でいうところのノブレスオブリージュとも似ていますが、日本は独自に、武士道という形で力のコントロールをしてきたわけです。江戸時代の官僚はみな武士でした。つまり武士道が基本にあった。

翻《ひるがえ》って、現在の官僚や政治家に武士道に匹敵する規範があるのかといえば、とてもそうは思えません。ここが心配なところです。

こうした歴史や背景を考えないで、防衛力の増強だけを進めようということには、ちょっとひっかかります。暴力というものについての知恵がないのに、力だけが強くなっていきやしないか、ということです。

日本はとくに戦後、日常生活や社会から暴力的な要素を極力排してきました。対照的なのはアメリカで、常に暴力というものが日常的に存在しています。普通の人が銃を持っている社会です。以前、『神は銃弾』（ボストン・テラン著、田口俊樹訳、文春文庫）という犯罪小説を読みました。全編通して詩的な文章による激しい暴力描写が続きます。銃弾が神というタイトルからしてすごい（原題は“God is a Bullet”）。アメリカという国には、良くも悪くも暴力に関する知識や経験が蓄積されていることがよくわかります。こういう小説は日本人にはなかなか書けないな、と感じたものです。

後ろめたさのない力は良いものなのか

国にとって防衛力が大切なのは言うまでもありません。軍隊をきちんと整備することが抑止力につながるというのも当然でしょう。

軍隊をなくせば平和に近づくなんて考え方には無理があります。

しかし、さきほども述べたように日本は徹底的に暴力を排除してきました。学校での体罰やしごきといったものもなくした。戦後、もっとも身近な暴力は暴力団だったのではないでしょうか。山口組は戦後の自警団が母体になっています。逆に言えば、そのくらいしか身近な暴力はなくなっていったのです。

そこまで暴力をなきものにしてきた国が、今度は防衛力増強だという。その飛躍をどのくらい真面目に考えているのかが心配な点です。

戦後、日本は軍隊（自衛隊）をずっと後ろめたい存在として扱ってきました。憲法九条を素直に読めば、自衛隊は存在してはならないものです。「陸海空軍その他の戦力は、これを保持しない」というのですから、憲法上は認められていない組織だと考えるほうが普通でしょう。一方で、自衛隊のような組織が国家には必ず必要だというのもまた常識です。つまりみんなが必要だとわかっていながら、堂々とは認めていない。どこか後ろめたさがつきまとう存在にしているわけです。

その後ろめたさをなくしたいと考える人がいるのはよくわかります。自衛隊の人たちに後ろめたい気持ちを持ってほしいとも思いません。

しかし、軍隊を動かす側には、何か後ろめたさのようなものがあったほうがいいのではないか、とも思うのです。これは以前から言っていることです。

ある種の後ろめたさとつき合っていくというのが大人というものではないでしょうか。人間は何らかの罪を背負っている存在であって、自分では意識していなくても何かを背負っているかもしれない、ということは頭の片隅に入れておいていいことです。

防衛力を増強する、あるいは憲法を改正するというのは、その後ろめたさをきれいに消していくということにならないか。私が憲法九条改正にもろ手を挙げて賛成できないのもそこが気になるからです。

つまり、後ろめたさなしに軍隊を動かすのがいいことだとは思えない。九条があることで、軍隊を動かす際にはいろいろと論争が起きやすくなります。それくらいでいいのではないでしょうか。

国家が人を殺すこと、戦争を起こすことを、日本以外の国は基本的に認めています。それは仕方がない面もあるけれど、無批判に受け入れていいことではない。

大災害が日本を変える

日本で防衛力を増強するのならば、ここまでに述べたようなことを前提に、細かい規則、縛りもまた真剣に考える必要があるのではないかと思います。法治主義をどのくらい徹底するかの問題になるはずです。

そうした本質的なことを考えないまま空気で何となく変えてしまうことはとても危ない。単に自衛隊を憲法に明記するだけのこと、では済まないのです。

たとえば中国は、実は規範を重視する伝統を持っています。三国志の「泣いて馬謖《ばしょく》を斬る」はそれがよくあらわれた故事です。

蜀《しょく》の武将の馬謖が、上官にあたる諸葛亮《しょかつりょう》の指示に従わないで戦に敗れた。軍隊では命《めい》に背くことは大罪です。そのため諸葛亮は目をかけていた馬謖であっても、泣く泣く処刑をしなければならなかった。これが彼らの考える、軍隊を維持して運営するための規律であり、知恵だったわけです。

ああ見えて、といっては失礼ですが、中国は軍事においてはこのように厳しい規範を示す伝統があります。日本の場合、自衛隊内部はともかくとして、政府側にそのようなものがあるかは怪しい。

かりに堂々と軍隊を持ちたいのであれば、この規範の問題をセットで考えておかなければなりません。そうしないと、単にコントロールが効きづらい暴力装置を持つことになるからです。

おそらくこの件について、日本国内で大きく空気が変わるタイミングがあるとすれば、ロシアのウクライナ侵略、イスラエルの戦争、その他の武力衝突、侵略などによる安全保障環境の変化ではなく、震災がきっかけとなるのかもしれない。そんなふうに感じています。

ひとたび大震災が起きれば、役に立つ組織は日本では自衛隊くらいでしょう。大災害で都市が壊滅状態になった時に頼りになるのは自衛隊です。結果として、必ず多くの国民が最大限の感謝を示し、自衛隊への共感を強めることになる。阪神・淡路大震災、東日本大震災、そして直近の能登半島地震でも、自衛隊がさまざまな形で力を発揮してくれたのは間違いありません。

その際、これを機に自衛隊の後ろめたさをなくそうという空気が、一気につくられていくという流れは十分ありえます。

しかし、結局、その時点でもかつての武士道に対応するものがなく、なおかつ政治家や官僚に暴力についての定見もないままでしょう。これは大きな問題として残るのではないかと思います。

9　日常生活は生きる基本である

人の気持ちは論理だけでは変わらない

人間が生きていくうえで、いろいろな不安という感情を抱くのは自然なことです。たとえば芥川龍之介の自殺の理由は、将来に対する「ぼんやりとした不安」だとされています。友人に宛てた遺書「或旧友へ送る手記」には、二年間もそういう不安を抱えており、死ぬことばかり考えていたという心情が綴られています。

この時代の人の不安とは何だったのか。ここは先ほど述べた、明治維新をきっかけにした社会の変化と関係があるのではないかと思います。

江戸時代までずっと続いてきた社会構造が明治になると一気に壊れます。簡単に言えば、古いものは全部潰せ、となったわけです。

そのようにしなければ日本は欧米にやられてしまう、近代化を進めないと国が持たない、というのが政府の論理です。実際に、近代化に失敗した清や朝鮮、その他アジアの国々は、酷い時には国が滅ぼされるなど相当な目に遭うことになります。その意味でいえば、明治政府の論理は間違っていません。

しかし、理屈で「これは要らない」と決めて一気に突き進んでしまう。その際に人々の気持ちがどのように動くのかということは置き去りでした。

とにかく急いで、維新を進めようと、それまで権威とされていたものを次々に否定してきたわけです。そこに夏目漱石が違和感をおぼえたことはすでに述べました。

この現象は敗戦後、戦前肯定していたものを全て否定し、「封建的」なものは全部潰せ、となったのとほとんど同じです。今度はアメリカの論理で日本のいろんなものが「要らない」となった。

とりわけ問題なのは、身近なもの、日常的なものが一気に変わったことです。ある時期からトイレは汲み取りから水洗に、和式から洋式に変わっていきました。

もちろん便利になり、衛生的になるのは良いことです。

しかし、一方で日常の急激な変化は時に人々を戸惑わせ、また不安を抱かせます。

戦後、最も変化が大きかったのは家制度、家族の在り方でしょう。このことが人々に与える影響は大きかったのではないでしょうか。

戦後の変化を論じる際、軍隊に着目して憲法九条を取り上げることが多いのですが、私は民法の改正による家制度の解体のほうが、影響は大きいと思っています。社会の最小単位を「家」と考え、家の存続を重く見ていたのが、「個人」を重視するように変わりました。家が続くかどうかは大きな問題ではなくなった。憲法九条を意識する場面は日常生活ではほとんどないはずですが、一方で家のことは人々の生活に直接関係します。

安倍さんの国葬は靖国で行われた

昨年、茂木健一郎さん、東浩紀《あずまひろき》さんとの座談会をまとめた『日本の歪み』(講談社現代新書)という本を出しました。面白かったのは、安倍晋三元総理の国葬についての東さんの指摘でした。

安倍さんの国葬の日に、東さんは一般向けの献花に訪れる人を見に、九段下に出かけました。献花台は武道館近くの大通りの歩道に設けられていて、実際の葬儀会場からはかなり遠かったそうです。東さんが見ていると、かなりの人々が献花台に花を手向けたあとに、向かいにある靖国神社に向かっていた。

「そこに花を手向けることでは心は満たされないのでしょう。（略）安倍さんの死を悼《いた》みに来た人が靖国神社に参拝する。それが意味するのは、実質的に安倍さんは靖国神社に祀《まつ》られてしまったということです」

東さんはこのように分析します。そして、こう続けています。

「ちょうどその前にイギリスのエリザベス女王が亡くなり、ウェストミンスター寺院で葬儀が行われました。国家元首の葬儀が宗教性を帯びるのは当然のことです。しかし日本ではそれができない。なぜできないかといえば、要は敗戦したからです。敗戦後にGHQの草案で作られた憲法では、国家が宗教的活動をすること、公金を供することを禁じている。だから体育館で葬儀をやるしかない。でもそれには根本的に無理がある。だから人々は近くの神社に行く。宗教色をなくした追悼なんてできないんです。やっても機能しないんですよ。

炎天下に喪服を着てわざわざ九段下まで来て献花に並ぶ人たちは、それなりの強い気持ちをもって追悼に来ている。そういう一般弔問客をどう遇するかも、本来は国が考えなければいけないことです。しかし実際にはありふれた巨大イベントへ誘導するかのように、無味乾燥な長蛇の列に並ばせただけだった。日本は死を悼む気持ちの受け皿すら作れないのだなと、その光景に日本の衰退を感じました。場当たり的な対応を繰り返し、なんとなくなんとかなっているように見えても、ベースのところで人心の荒廃が進んでいるように思います」（『日本の歪み』p98‐99）

東さんが目撃したのもまた、戦後の急激な変化についていけない人たちの姿だったのかもしれません。

日常を変えることに無神経な人たち

最近、「墓終《じま》い」という問題がよく取り上げられます。墓の扱いに手を焼く人が増えたのです。これも家制度を壊した影響でしょう。「家で代々守っていく」などという伝統、慣習は「民主的」ではない、意味が無い、だからなくそうとなった。

「家」という制度がなくなり、急にみんなが「個人」になり、墓も先祖も繋がらなくなりました。そうすると時間的、歴史的な継続性がなくなり、常に「今」しかなくなる。一見、合理的な意味がなさそうな神社のような存在は心の落ち着きを保つ、一種の安定化装置でした。ところがそういうものを戦後の日本は壊していった。もちろん物理的に破壊したというのではなく、存在価値を否定していったということです。

別の言い方をすれば、論理的に説明できないもの、経済合理性が認められないものは次々に否定していったとも言えるでしょう。

それでいいのだという理屈を立てるのは容易です。しかし、それでは人は落ち着かない。安倍さんの弔問客の足は靖国に向かうわけです。

東さんは一九七一年生まれですから、私のように戦前や敗戦直後を知る世代ではありません。しかし、それでもどこかがおかしいと感じ違和感を口にしている。

このことは、論理を先に立てて、すでに世の中にあったものを一気に壊すことの問題点を示しています。

「すでに世の中にあるものには、何らかの理由があって存在している」ということでは納得しない人がいる。自分たちが正しいと思う論理を優先させる。そういう人は自分よりも社会が先に存在している、ということが理解できていません。

すでに社会にあるものは、何らかの理由があって生まれ、生き残ってきたものです。ところが戦後、それまでのものをすべて一緒くたにして、封建的だとか軍国主義的だと排してきました。それが完了すると次は、保守的だ、グローバルスタンダードに合っていないなどと言い、いろいろな論理で排除してきたわけです。

それによって、往々にして人々が寄りかかるもの、心の支えとするものが無くなっていきました。しかし排除する側は、そんなことは気にしない。

少し前に、子どもの声がうるさい、ボール遊びが迷惑だという理由で公園が閉鎖されることがありました。似たようなこととしては、遊具でケガをするから危ない、撤去だ、なんてこともありました。

公園は必要なものかと論理的に詰めていき、不要という論理を組み立てることは簡単でしょう。だから、危ないとか迷惑だとかいう理屈が先に立てば、閉鎖や売却が正しい解決策だということになる。一気にそこにいる子どもの日常は変わるかもしれないけれども仕方ない、となる。

こういうことが繰り返されていけば、安定した日常が消されることになる。それによって素晴らしい日常が新たに生まれるのか。そんなはずがないのはわかっています。

では誰がこれを消したのか。ここに「日本の歪み」があるのではないでしょうか。社会にあるものは時には何千年もの間に作り上げてきたもの、積み重ねられてきたものであることも珍しくはない。ところが、「そんなものは要らないだろう」と、その時点での考えだけで切り捨ててしまう。

今、この段階で考えた限り、論理的には無くてもいいものだ、それならば止めてしまえ、なくしてしまえ、ということです。論理的に要らないものは壊してしまっても大丈夫だ、と考えるわけです。

私には、そういう考え方がものすごく楽天的なものに見えてしまいます。

実際に日本は、明治維新と敗戦とでその考えのもと社会を変えてきました。戦後は、アメリカと合意して、そういう方針で進んできたのです。

皇室だけは残しましたが、もしそれも廃止していたらどうなっていたのでしょうか。日本の国内はかなり不安定になったのではないかと思います。

それをさすがにアメリカも危惧したからこそ、皇室にまでは手をつけなかったのではないでしょうか。というのも、アメリカなど欧米先進国も、理屈に合わないものや、伝統的に残っているものを闇雲に排除することはしていないのです。たとえば彼らは宗教をずっと国の軸にしてきています。アメリカ大統領は就任式で聖書に手を置いて宣誓を行います。政教分離ではまったくありません。

そうした宗教あるいは伝統によって日常生活を維持しているともいえます。彼らにとって、日曜日になれば正装して教会に行くというのが日常でしたし、今でもそれがある程度維持されているのです。

ところが、そうした軸にあたるものが今の日本にはありません。

こういう話をすると、さきほど靖国神社の例を出したため、「いや、でも靖国なんて歴史は浅いでしょう」「国家神道なんて虚構じゃないか」などと言う人が出てきます。

しかし、ここで言っているのは、個々の施設がどうというものではなく、慰霊《いれい》という行為そのもの、その対象となる「理屈に合わないもの」全般のことです。

武道館やその前の道路が慰霊の場として適していなかったのは明らかです。一方で、人々の心の中には、亡くなった安倍さんに対してきちんと慰霊したいという気持ちは残っている。とすれば近くの神社にお参りして帰ろうと考えるのは自然なことです。

それを「意味が無い」と片付けることはできません。しかし、日本はそういう場をどんどん無くしていきました。今では誰かが亡くなると偲ぶ会を高級ホテルあたりで開くことになった。本当ならばお寺でやるはずのことが、ホテルの無味乾燥な宴会場で行われるようになってしまったのです。

「個の尊重」の行き着く先は

軍国主義、全体主義への反動として「個の尊重」が叫ばれるようになったことを悪いとは言いません。しかし日本の場合、それが非常に安易な形で落ち着いてしまった。

それがよくわかるのが、岩村暢子《のぶこ》さんの『ぼっちな食卓　限界家族と「個」の風景』(中央公論新社)という本です。岩村さんは長年、普通の日本人の食事を研究してきました。この本でも、一般家庭の普段の食事の様子が多く紹介されています。岩村さんのこれまでの研究の延長線上にある一冊と言えるでしょう。

子ども二人を持つ両親の食事を見ると、それぞれが好きなものを好きなように食べています。つまり四人が全部、別々の時間に別々のものを食べている。なぜそんなことになったのか。突き詰めれば「個の尊重」です。

そんなわがままを子どもにさせるのは許せない、と言いたいのではありません。「個の尊重」という本来は大きなはずの問題が、食事に矮小化《わいしょう》されてしまっている。そこが危ないと思うのです。

安易に「うちは子どもの個性を尊重している」と言う。しかし、その内実は、せいぜい好きなようにピザやカレーを食べさせる程度になっている。

たとえば、ＬＧＢＴの人たちは、自身の身体や精神に深く結びついた、「大多数の人とは異なる個性」を持っていて、それを尊重してほしいと考える。当然でしょう。

しかし、そういう「個性」のない人にとって、尊重されるべき「個」とは何になってくるのでしょう。家制度というものは、実はそれをある意味で保障する制度だったわけです。たとえば長男に対しては「家を継ぐ立場の者」という役割を持たせていました。これがその人の個性にもなるのです。

今日まで続いてきた先祖代々の流れがあり、次代につないでいかなければならない、そのために自分には役割がある、ということです。一般市民も皇室もこの点では同じです。

そういう役割を社会や制度が強制的に与えてきた。強制なので当然、反発もあるのですが、そういう制度が個の安定にもつながっていたわけです。長男には長男のアイデンティティが与えられてきた。

戦後、家制度を否定したのでこの種の安定性は喪《うしな》われていきました。大きく言えば、考える物差しのかなりを「合理的か否か」に単純化してしまった。合理的かどうかで考えれば、長男が家を継ぐのは合理的とは言えない。そもそも家を維持するということ自体も合理的とは言い切れない。

亡くなった人の追悼すら合理的ではないということで、やめるようにもなってきました。ごく少数の身内だけで済ませました、というのが珍しくなくなった。ゆかりのある人たちの悼みみたい気持ちの行き場はなくなります。

人と人とのつながりがなくなった、個がバラバラになった、というような感想、あるいは嘆きを聞くことは珍しくありません。それは当たり前で、みんながバラバラになる社会を作るように、世の中全体で進んできたのです。同じ食卓で親と子、兄弟姉妹がバラバラのものを食べてもおかしくない、あらゆる個人の個性や嗜好《しこう》性を尊重する、とした。

とにかく個を尊重することが社会にとっての幸福につながる、というのを前提に置いてきたのです。しかし、一体その方向性で進むことが正しいと誰が決めたのでしょうか。

個を尊重しない社会や国もあります。北朝鮮あたりはそうかもしれません。誰も日本にああいう国になってほしいとは思わないでしょう。私もまったく思わない。

しかし、ひょっとすると、そこで暮らす当人たちは、「不安はありません」と言うかもしれません。実際に、お腹は空いているかもしれないけれども、現代の日本人が抱えているような不安を感じていない可能性もある。

人がただ集まることに意味がある

人間は何らかの不安を感じた時に、心の拠り所を必要とします。社会がバラバラになって、拠り所がなくなった人に、受け皿をオウム真理教や統一教会が提示することも時にはあったのでしょう。あるいは右翼団体や左翼団体だったかもしれません。

そんな極端なものではなくて、地方でいえば、お祭りのようなイベントが、何らかの機能を持っている場合もあります。

なぜ大勢で集まって騒がなければいけないのか。なぜお神輿のような重いものを担がなければいけないのか。理詰めで考えれば、「無駄だ」と言われても仕方がない。しょっちゅう人が怪我をしたり、亡くなったりするようなお祭りもあるのです。わざわざそんなリスクを承知で盛り上がる必要があるのか。

しかし実はやはりみんなで集まることには意味がある。一見、無意味に騒いでいるようでいて、決して無意味ではない。みんなが一緒にいること、それ自体に何らかの意味があるわけです。

私の身近な事例でいえば、文学賞の授賞式やパーティだって、リアルでやる意味がどこにあるのかと言われれば、「無い」という結論を出すのは容易です。実際に、コロナ禍の時期には、ほとんどすべての授賞式は中止されました。選考会もリモートなどで行われ、顔を合わせることはなくなりました。

それでも受賞作を決めることはできます。じゃあそのほうが交通費や会場費もかからないからいいか。そうでもありません。

私は毎年六月四日には、鎌倉市の建長寺で虫供養の法要を行っています。研究などの目的で使われた虫であっても、人が殺しているのは事実です。関係者は何らかの後ろめたさを持っています。だから年に一回、供養することにしたのです。別に同じ日に集まらないで、それぞれの関係者が自由に手を合わせることでも用は済むでしょう。

でも、明確なメリットがなくても、みんなで集まることに意味があると思うのです。

出光はなぜ社員を一人も首にしなかったか

近年、「共同体の再生」が必要であるといった主張をする人が出てきている背景には、現状への違和感があるのではないでしょうか。何でも合理的に進め、むやみに「個の尊重」をしないほうがいいのではないか。その方向一辺倒では何か問題があるのではないか。

戦後、ひたすら破壊してきたことへの反動のようなものです。

日本の会社も、共同体的な性質を持つ組織の典型でした。社員は家族だ、終身雇用だ、といった考え方が、ある時期までは一般的だったのです。

しかし、それが「古い」と批判されるようになった。欧米ではそんなことはない、家族的経営なんて幻想だ、終身雇用は経済合理性の観点からは問題だ、人材の流動性が経済を活性化させるのだ、と。そうした主張がいまなお主流なのではないでしょうか。

たしかに理詰めで会社を合理的に運営しようと思えば、「要らないやつは切る」が正解かもしれません。生産性が低い社員を一人クビにして、より生産性が高い社員を採用すれば、収益が上がる。理論上はそうなります。

しかし、それは実は単に厄介な人をよそに押しつけているだけで、社会全体としては変わらないのではないか。会社で考えるとわかりにくいでしょうが、部署で考えればとても簡単です。自分の部署から隣の部署に面倒な人を異動させる。自分の部署はすっきりするかもしれませんが、隣は困る。会社全体は何も変わらない。

出光興産の創業者、出光佐三《いでみつさぞう》さんは、社員を一人も首にしない、という方針を取っていました。その方針は「大家族主義」として今も同社の方針として掲げられています。

一、いったん出光商会に入りたる者は、家内に子供が生まれた気持ちで行きたいのであります。店内における総ての事柄は親であり子であり、兄であり弟である、という気持ちで解決して行くのであります。

一、出光商会は首を切らないという事が常識となっておる。首を切られるなど思っている人は一人もないと思います。（出光興産ＨＰより）

司馬遼太郎さんの『坂の上の雲』（文春文庫）は、アルゼンチンの武官が日本の軍艦に乗った時のレポートについて触れています。機密情報なので、書かれてから随分経ってから出てきたものだそうです。

そこに日本海軍の強さの秘密として挙げられていたのは、末端の水兵に至るまで、この戦争の意味を知っていることでした。

戦争という「国家的な行事」について、一兵卒に至るまで、その必要性を理解していた。それが強さのもとだというのです。当時、日本という「共同体」が強固だったことのあらわれでしょう。

この作品では日露戦争も描かれています。有名な二百三高地の戦いで、多くの死者を出した乃木希典《のぎまれすけ》の戦術は、旧陸軍参謀本部の教育では否定されるようなものでした。

簡単に言えば、想定される一般兵士の犠牲が多すぎるからです。しかし、乃木さんはそれを平然と実行した。

なぜそんなふうにいられたのかといえば、それが必要な犠牲だと皆が考えている社会だったからです。今日の価値観における是非は別として、当時の社会がその認識を共有できていたのは事実でしょう。

そういう共同体、人と人の結びつきを徹底的になくしていき、個人だけがバラバラに存在している状況になれば、個人の不安は増すに決まっています。

家庭で一緒にご飯を食べることには意味がある。田舎の祭りで集まることにも意味はある。親は、自分が死んだら子どもが困るだろうなと考えている。子どものほうは、親があれこれ自分の面倒を見てくれていることがわかれば、自分が先に死んだら嘆くだろうということくらいは感じるでしょう。そういうことを伝えるには、何かを一緒にやらなければならない。

ところが、「私はトースト」「僕はピザ」みたいな調子で勝手に振る舞うことをベースとして暮らすと、人と人とをつないでいたものが消えてしまうのです。

あくまでも食事は一つの象徴に過ぎません。「共働きで食事は一緒にとれないんです！」と怒られても困るわけで、そういう家庭は食卓以外に家族で共有する場を作ればいいだけのことです。それすら作れない、無駄だと言われたらもう何も言えません。

死亡情報は誰のものか

死亡や結婚といった情報について、個人のものだという意識が強まっているのも、共同体の崩壊と関係があるのでしょう。近頃は、災害で亡くなった人の氏名を公表するのにも関係者の了承が必要だという意見まであるようです。しかし、関係者とは誰なのか。仲が悪い親族も含まれるのか。

共同体が生きていた頃は、「私」の身体は私一人のものではなく、家族のものでもなく、どこかでみんなのものという意識がありました。その人がいなくなれば当然、みんなが知るべきだと考える。

しかし共同体を崩壊させていった結果、「私」は私一人の所有物という意識が極めて強くなりました。だから、私に関する情報も私のものだ、となる。でも、誰かが亡くなったという情報をオープンにして、困る人がいるのでしょうか。あるいは得をする人がいるのか。

結婚も同様で、籍を入れるというのは社会的な行為なのだから、隠すのはおかしい。私生活を何でもオープンにする必要はまったくないけれども、本来、共同体の中では共有すべき情報です。それが嫌ならば事実婚にすればよいのです。

これらも共同体を壊したことの影響です。共同体で持っていたものを全部、個人に押し込めることにした。

気になるのは、それが本当にみんなの望む社会なのか、という点です。何でも個人のものとする風潮に異を唱えれば、古いと言われるのかもしれません。しかし、本気でそういう社会がいいと思っているのでしょうか。

私なんか、プライバシーも何もあったものではありません。この前、都内で歩いていたら、見知らぬ女性が、「ああ、今養老さんが目の前を通り過ぎた」とスマホに向かってしゃべっていました。なぜ実況中継されなければいけないのか。

共同体を解体することで、実は余計なコストがかかっていることも忘れられがちです。たとえば怪しい人の情報は、SNSが無いにもかかわらず、必要とする人には、早くに広まったものです。あいつには気をつけろ、と。だから、「何、お前、あんなやつに引っかかったの。駄目だよ」という話になる。

共同体がしっかりしている社会では人間関係が信用に基づいているので、その分、余計な手間をかけなくて済む面があります。正反対がアメリカで、だから弁護士が忙しい。

そういう社会では保険会社が大きくなります。結局、みんながそこにお金を使わないといけないと考えるようになる。こうしてコストがかさむ。

あらゆることで契約書の類を求められるようになったのも、似たような話です。私が最初に本を出した頃、一九八〇年代には出版に際しての契約書は交わしていませんでした。私が軽く見られていたわけではなくて、それが普通だったのです。

いつの間にか、本を出すにあたっては出版契約書を交わすようになりました。それもどんどん細かい取り決めが増えていきます。しかし、私自身はそんなものにちゃんと目を通したことがありません。こんなにいろいろ決める必要があるのだろうかと思うくらいです。この場合、相手を信用していれば基本的には必要がないものに手間をかけているわけです。

契約書を整える、決めごとを言語化するといえば、何となくきちんと仕事をしている感じがするでしょうが、実際にはすごく無駄なことをしているのかもしれないのです。不信はコストを生みます。

第4章　政治の壁

10　あいまいなのは悪いことではない

今も昔も都会人は災害に弱い

最近また『方丈記《ほうじょうき》』を読み直しています。冒頭の「行く川のながれは絶えずして、しかも本《もと》の水にあらず」という文章は、情報の本質を表現したものとして、これまでたびたび引用してきました。一方でかなりを占める飢饉や地震についての描写は、現代人が災害について考えるうえでもとても大切なことが書かれています。このようにさまざまな読み方ができるのが、古典の良いところでしょう（以下、読みやすさを考えて佐藤春夫訳の「現代語訳」を引用します）。

「またたいへん気の毒なことがあった。こんな際にも別れられない夫や妻のある人々は情合いの深いほうがきっと先になって死んだ。理由《わけ》はというと自分の身は二のつぎにして、第一に相手をたいせつに思うから、珍しく手に入れた食物を相手に譲るがゆえであった。それゆえ親子のある人たちは、申すまでもなくかならず親のほうが先立っていた。また母の命のつきたのをも知らないで、幼い子がまだ乳を吸いながら横たわっているのなどもあった」

「また元暦二年のころ、大地震の揺すったことがあった。その状況は異常なもので、山は崩れ、河は埋もれ、海は傾斜して陸地に覆いかぶさった。土は口をあけて水を吹き出し、巨岩は分裂して谷に転び入り、波打ち際を漕ぎ行く船は波に翻弄され、道路に歩行する馬は足の踏み場に当惑した」

つい最近の震災の描写だと言ってもそのまま通用します。日本の天災の記録として簡にして要を得ています。物事の記録のお手本ではないでしょうか。もう少し紹介しましょう。

「古いことになって明確でないが、二年つづきの饑《き》饉《きん》があって、なさけないことがあった。春夏に旱魃《かんばつ》したり、秋になって大風や洪水などのいやなことなどがうちつづき五穀はことごとく実らなかった。春耕し、夏植える作業だけはむだ骨をして、秋になって刈り取り、冬収蔵する賑わいはなかった。そのために、国々の民は、土地を見捨てて国外に流れたり、家庭を去って山野に住むにいたった者などがある。朝廷ではさまざまの御祈禱やら、特別の修法《ずほう》などを挙行されたがいっこうにその効験も現われなかった」

飢饉で食糧不足が起きた。政治は無力だった。それに続く記述がとくに大切です。都会で暮らす人たちの脆弱《ぜいじゃく》さが描写されます。

「都会の常例として万端につけてその原料はこれを地方の供給に仰いでいるのに、地方からくる物資は絶無だから、さすがの都会人もそう取りすましてばかりもいられないと、思案に暮れたはては、雑多な資財を片っ端から捨てるように投げ売りするが、時節柄いっこうにそれに注意する人もなく、ときたまに交換する人があったとしても金の値は減じているのに、穀類は尊重されている。多量の資財を投じて僅少な穀類を得るにしか過ぎない。こうして乞食が路上に多くなり、悲嘆の声が耳に満ちた。前年はこのようにしてどうやら暮れた。来年になったら回復するだろうかと思っていると、それどころか、おまけに流行病さえ加わって、災害は前年にまさるほどで回復のけぶりなどはいっこうない。世の人々がみな病死したので一日一日と死に絶えてゆく状態は、少水の魚の譬《たとえ》の適切を思わせた。ついには笠を冠《かむ》り、脚絆《きゃはん》などをつけてりっぱな身装《みなり》をした者がいちずに各戸に食を乞い歩く」

都市の人たちが困窮《こんきゅう》して社会が混乱した様が見事に描かれています。八百年後の今でも大きな災害が起きれば同じようなことになるでしょう。

地震が起きなくても、世界的な食糧不足が起きれば、自給率が低い日本は大変なことになります。お金の価値が下がり、穀物の価値が上がる。多量の資財を投じて僅少な穀類を得るにしか過ぎないことになる。平安時代と同じです。

やはり大昔の本で、都市の人の弱さを示しているのが「史記列伝」の最初にある「伯《はく》夷《い》列伝」です。「周の粟《ぞく》を食《は》まず」という言葉が有名です。

殷《いん》から周に政権が代わった。伯夷と叔斉《しゅくせい》の兄弟は殷の高級官僚だった。周の世の中になった時に、彼らは「周の食物は食べない」と言い、首陽山《しゅようざん》に入って、ワラビを食らって飢え死にした。これは「信念を貫いて死んだ」話とされることが多いのですが、都会人の弱さを表現した逸話とも読める。要するに山にいきなり入っても、食べ物を含め、どう生きればよいのかがわからない人たちということです。

南海トラフ巨大地震に備えることの大切さ

能登半島で大きな地震が発生してしまいましたが、近い将来、必ず来るとされているのが南海トラフ巨大地震や首都圏直下型地震です。

南海トラフ巨大地震は、予測では静岡から九州・宮崎あたりまで震度七になり、また関東から九州までが一〇メートル超の津波に襲われる可能性がある。気象庁によれば、今後三〇年の間にマグニチュード八から九の地震が起きる可能性は七〇〜八〇パーセントとのことです。二〇二四年には、現に「南海トラフ地震臨時情報」を出すことになりました。今後も起きることは覚悟しておいたほうがいいでしょう。

問題は、政治家も含めて、あまり真剣に地震後のことを考えている人が多くないことです。被害をどのくらい抑えることができるか、震災後のインフラや食糧をどうするか、考えるべきことは山ほどあるはずなのに、そうした空気が醸成できていないのです。

たとえば、鉄道に関していえば、「保険」として使える手段の一つとして考えられているのがJR東海のリニアモーターカーです。地震により、最悪の場合は東と西をつなぐ鉄道が使えなくなる。当然、東海道新幹線も動かなくなります。だから鉄道に予備があったほうがいい、というのは、それなりに筋が通っています。

もともと私は、今さらリニアなんてつくってどうするんだ、と思っていました。しかし震災後を考えると、一定の意義があると考えるようになったのです。静岡県の川勝平太《かわかつへいた》知事（当時）は、水質汚染の危険性などを理由にして、工事を止めてきました。報道を見ると、何となく知事一人が頑張って止めていたように見えるかもしれませんが、そうではありません。

こういうことは一人の考えや言動でどうにかなるのではなくて、必ず背後に世論というか、後押しする空気があるものです。その世論は必ずしも冷静な検討をベースとしていません。往々にして、実際のリニア開発のメリットとデメリットを比較し、考え抜いたうえでの結論ではない。背景にあったのは、「こんなに開発をどんどんしていいのだろうか」という人々の気持ち、ある種の畏《おそ》れのようなものです。

かつての田中康夫長野県知事の「脱ダム」宣言がよく似ています。簡単に言えば、「狭い日本にいくらなんでもダムが多すぎる」というのが田中さんの主張でした。これが県民の圧倒的な支持を得て県知事に再選されたのです。

日本の場合は、常にこのように空気が物事を決めていく傾向が強い。

空気は簡単に変えられない

メリットとデメリットを比較して、デメリットのほうが多くなっている、このままではよくないから変えよう——こういう論理重視の考え方を取る人からすれば、空気で物事が決まる社会は許しがたいかもしれません。きちんとしたデータをもとにしたディベートで白黒つけるべきだ、と。

しかし、現実問題としては、日本の社会にはそういう傾向があります。それを正しいとか正しくないと決めつけることはできません。空気で決まる国と、熟議で決まる国、いずれも良い面も悪い面もある。その優劣をディベートするのは時間やエネルギーの無駄なのではないか、と思っています。そもそもディベートというものの形式が欧米式の思考から生まれたものです。

本当にメリットが明らかな時ならば、欧米だろうが日本だろうが、同じような選択をするでしょう。問題は、メリットとデメリットが六対四、七対三といった時に、どのような選択をするのか、ルールを維持するか変えるか、ということです。

その際に、ディベートで決めるか、空気で決まるのか。

結局のところ、日本は空気で動く。それを受け入れるしかないのではないか、と私は思うようになりました。若い頃はいろいろと理屈を言ってそれなりに頑張ってきたのですが、現実に世間がそれで動かない以上は仕方がない。日本全体のシステム、空気のように存在している決まりを大きく変えるのは無理でしょう。

日本の場合、物事を良い方向に進めるには、空気を読んだうえで、上手に利用するように頭を使うほうが現実的ではないでしょうか。理屈を並べて正面からぶつかるよりも、空気に流されないようにしながら、なおかつ良い方向に持っていく。

あいまいさを許さない社会は厄介

往々にして議論というものは、一番極端なことを言う変な人に引きずられがちです。大学紛争の時には、一番の強硬派が強く主張すると、それまで話したことが全部吹っ飛んだものでした。私が大学生の頃、六〇年安保の時代の話です。当時、ストライキを提案して実行したことが理由で、東京大学の自治会の委員長が退学になりました。大学のルールに基づいた処分です。

問題は、自治会側が学生を煽って、「ストライキに賛成した奴はみな委員長と同罪だから、退学届を出せ」と言い出したことです。たしかに、ストライキは一人でやれるものではないのですから、関わった者はみんな同罪だという論理は成り立つのでしょう。しかし、これで話がややこしくなってしまいました。せっかく一人が責任を負うことで収まるはずだったのに、全員退学となれば事が大きくなり、事態の収拾が困難になるだけです。「全員同罪」と言う人たちは、そんなことを気にせずに原理原則を唱えていたのですが、このへんが強硬派の意見というもののもつ厄介なところです。

結局、当時の東大医学部長、吉田富三《とみぞう》さんが、学生たちの集まっている講堂までやってきて、一時間ほど話をして収めてくれました。全員が退学届を出すといった話はあいまいになりました。誰も出さないことでおさまった。

経緯を見れば、当時はまだ学生運動をやっている側にも、相手方の意見を聞く姿勢があったともいえます。強硬派の意見がそのまま通ることはなかった。そういうあいまいさがあったのは良かったと思います。全員が退学したところで何の意味があるのか。

しかも実は、自治会の委員長の退学処分自体にウラがありました。ルールだから退学にせざるをえなかったのですが、裏技とも言うべきルールが存在したのです。それは担当の教授二人のところに、毎週一回顔を出し、改悛《かいしゅん》の情を示せば復学できるというものでした。それならば委員長も進級が一年遅れるだけで済むわけです。

こういうウラの取り決めやあいまいさを認めなくなったのは、団塊《だんかい》の世代が学生運動の中心になってからです。ボス交（トップ同士の交渉）の類を一切認めなくなりました。そういうものを「不純だ」ととらえるからです。

社会から「不純」なものを排除していくと、いい加減さやゆるさを許容しない方向に向かいます。その結果、ささいな問題が巨大な問題になってしまいます。

11　自給自足を基本に考える

日本はどこまで自立できるか

大震災を念頭に、これからのことを真面目に考えれば、日本という国が、今までと同じようなやり方で生き延びていくのはかなり難しいというのが結論になるはずです。何となくこれまでのままでやっていけば大丈夫、などということはない。

まず問題になるのは「自衛力」でしょう。単に武力の問題ではありません。経済も大きく関係します。

いずれアメリカの属国になるか、中国の属国になるか、その選択を迫られるかもしれない。荒唐無稽な話ではありません。たとえば大震災で国が深刻なダメージを受けた後に、その種の選択を迫られることになる可能性があるのではないでしょうか。

つまり復興のために頼るのはアメリカなのか、中国なのか。果たして前回の終戦後と同じようにアメリカが本腰を入れて、日本の復興に金を出そうとするでしょうか。無理をして出すのかもしれないけれど、その時には当然、裏がある。支援を受け入れれば、日本は今以上にアメリカ型の国にならざるを得ないでしょう。

それならばいっそアメリカの州になったほうが早いのかもしれません。そもそも今の時点で、こんなにアメリカの影響を受けるのに、大統領選挙の選挙権を日本人は持っていません。それは民主的ではないのではないか、というのは以前から私が言っていることです。

一方で、中国が日本を買う側に回るかもしれません。国土が壊滅的な被害を受けたら、復旧のためにお金が必要になります。資源も必要になる。食糧も必要になる。

しかし今でも資源が高騰し、世界的には食糧難だと言っているわけで、日本はあらゆる面で自給力がない。そこに大地震が来て何もかも手に入らない、流通しない状況となったらどうするか。好き嫌いを言うぜいたくはなく、どこかの大国に頼らざるを得なくなる可能性はあるのです。

本気で自給を考えなくてはならない

日本の将来を考えれば、今から「大震災後」の日本をどうするかを議論して、国民的な合意を形成するのがいいに決まっています。しかし、実際にはそんな話し合いはできていないし、このあとも難しいでしょう。結局は、起きてから「元の通りに戻す」ことを目指すようになる。

でも本来は、元通りにすべきか、それを機に大きく変えるのかといったグランドデザインを考える時期が来ているのです。そうした議論をしないのならば、せめて、もっと食糧や資源の自給体制については本気で考えたほうがいいでしょう。

少なくとも今より自給力を上げることは可能なはずで、とりわけ食料自給率はかなり上げられるかもしれません。

一方でエネルギーの自給はかなり難しいでしょう。再生可能エネルギーを増やせば賄えるというのは楽観論です。たとえば日本中の植物生産量を計算して、エネルギー換算すると、いま私たちが使っているエネルギーの総量の四パーセントにしかならないと言われています。それだけしか国土にはないのです。木質バイオマスはメインの資源としてはあてになりません。

水力も基本的にはすでに限界まで使っています。ただし、細かい水力まで有効に使えば、日本は地形的には恵まれているので、ある程度エネルギーを賄えるかもしれない。従来そのやり方は経済効率がよくないといった理由から、真剣に検討されてきませんでした。

私がよく出向いている道志村《どうしむら》（山梨県）は相模川の上流にあり、神奈川県の水源の一つです。ここに多くあるような渓流を用いて発電することは今の技術でできないはずがありません。

このように、地元で細々とした手段を多用してエネルギーを調達した場合、全国でどのくらいの電力を得られるかといったことは、専門家が真面目に計算したほうがいいと思います。それによって、地元の人の需要をどのくらい賄えるのかがわかる。もちろんこれ一つで万事解決などという方法はないにしても、ある程度の地産地消は期待できます。

島根県津和野町《つわのちょう》でバイオマス発電をやっている人がいます。もとは村役場に勤めていた彼が、「近頃、木材の価格が上がった」と嘆いていました。問題は、発電機が国産ではなくてフィンランド製という点です。この機械ですら国産ではないあたりからも、日本が自給に本気ではないことがよくわかるのではないでしょうか。逆にフィンランドは自給への意識が高いから、小規模の発電ができる体制になっている。彼らには、エネルギーと食糧は自給できなければいけない、という考えがベースにあるのでしょう。

このような感覚が日本人からは完全に失われてしまっています。

現在の状況、つまり大量消費を前提にするのではなく、大切なのは、人が生きていくうえで最低限どのくらい必要かを考えていく視点をベースにこれからのことを考えることでしょう。どのくらいの生活環境があれば人は幸せに暮らせるかという問題と直結します。

もしかすると、そうした発想はグローバル化を推進する潮流とは異なるのかもしれません。かなり独自の路線です。しかし、その実現可能性も含めて、そういう議論をしておいたほうがいいのではないか、ということです。

右も左も理念の話をあれこれ言い合う元気があるのならば、もっと国の存亡にかかわる問題に目を向けたほうがいい。ナショナリズム的な議論をごちゃごちゃ言っているヒマがあるのならば、エネルギーや食糧を確保する方法を真面目に考えたほうがいいのです。それこそが愛国的な姿勢と言えるのではないでしょうか。

自給という観点で見れば、今の日本人は半分以上が外国人です。日本の食料自給率は四〇パーセント以下、つまり六〇パーセント以上は外国から来たもの。それらで体が作られている。すでに体の半分以上は外国産なのです。

常識で考えて、そんな社会が長持ちするはずがありません。物流が止まったらあっという間に立ち行かなくなる。その危なさがわかっていない。

首相候補は誰も環境に興味を持たない

国家の存亡にかかわることは議論しないで、国会は「政治とカネ」などといった、その時々のことで揉めてばかりなので、何ら本質的なことは話し合われません。

岸田文雄さんが勝った自民党総裁選（二〇二一年）の候補者四人の中で環境問題を口にした人はいませんでした（この場合の環境問題とは、エネルギーや食糧の問題をすべて包括したものです）。

つまり、国民の日常生活をいかに維持するかという根本的な問題に政治家が無関心なのです。しかし、本来、それ以上に大きな問題はないはずです。

もっとも大切な問題に向き合わないのですから、どんなに真面目な顔をしてあれこれ言い合っていても、実態として、政治はもはや遊びみたいなものになっているのではないでしょうか。

もちろん、それぞれの問題は当事者には大きなことですし、どうでもいいことだとは言いません。しかし、どんなことも、あくまでも日常生活が維持されてこそというのが前提です。あれが不平等だ、ここがおかしいなどと言っても、明日の食い物がなければどうしようもないでしょう。

まずはそれぞれの自治体、それも村のような小さな単位で自給できる試みを進めていくのがいいと思います。小水力やバイオマスで発電ができるし、食糧もかなり自分のところで作れる。

こういう備えをしておかないと、大地震でインフラが被害を受けた際に、それぞれの地域で足りないものが出て、大変な目に遭うことになります。復旧のためにどんどん使えるほどのお金は日本にはもうありません。

台湾有事が日本社会を変えるかもしれない

日本の歴史を丁寧に振り返れば、常に天災が変化のきっかけになってきたのは明らかです。平安時代が終わったのも、『方丈記』に描かれている天災の連続があったからです。この時は京都で半年、地震が続いたと読んだことがあります。おそらく今でいう震度七ぐらいの地震が二回起きたのではないでしょうか。

その時期に地方は天変、つまり異常気象がありました。それで飢饉が起きた。当時の都であり巨大都市である京都に食糧その他を地方から運ばなければならない。ところが全国で飢饉が起きているものだから、それが狙われる。盗賊や海賊が横行するわけです。

それと対抗するには武力が必要ですから、自然と武士が重宝されるようになる。こうして武士が力をつけていき、鎌倉時代になるわけです。このように国のあり方が大きく変わったきっかけは天変地異でした。今度も大震災が来れば、嫌でもみんなが協力しなくてはならなくなります。他人の存在が目に入ってくるようになるでしょう。

スマホがあれば何とかなる、なんて期待はできません。大地震やあるいは富士山の大噴火が起きた時には、電池があってもスマホを使えなくなるかもしれないのです。その時に人々の意識は変わらざるをえないでしょう。

流通が止まれば、どうしようか隣の人と話をせざるをえなくなります。アマゾンやアスクルなんてまったく役に立たない、となる。その時初めて政治や制度も変わっていく可能性が生まれるように思います。

地震以外では、台湾有事も同様のきっかけになるかもしれません。台湾海峡が容易に通れなくなれば、石油をはじめとして外から運んでいる物資が全部遠回りしなくてはならなくなる。物流が大ダメージを受けます。

そうなれば、大地震ほどではなくてもやはり経済には大きなインパクトがあることは覚悟しなければなりません。

世の中が変わるきっかけが災害や戦争だと言うと物騒に思われるかもしれません。映画にはそういう思想を持ったテロリストがよく出てきます。

もちろん自分で何かを起こすわけではありません。しかしどうも現時点では天災の影響を軽く見ている、あるいは見ないようにしている人が多いのはとても気になっています。政府が本気ではないのは、官公庁を地方に移すといったアイデアもあったはずなのに、結局移転したのは文化庁だけだったことからもよくわかります。

天災のことを講演でお話しすると、「東京にいる身内を呼び戻したほうがいいだろうか」などと聞かれることもあります。呼び戻すかどうかはさておいても、何かよほどの理由や事情があって、東京で新しいものを生み出しているのならともかく、そうではないのならば、震災後のことは頭に入れておいたほうがいい、と私は思っています。

大震災の後は、今のように東京一極集中ではなく、各地域に中心があるような状態、群雄割拠のようになる可能性があります。その際には、それぞれの地域の自然にもう少し即した生き方をせざるを得なくなるのではないでしょうか。

近現代の日本は、世界中からものをかき集めて、国内で付加価値をつけたうえで輸出するやり方で利益をあげて飯を食ってきたわけです。しかし、それはもうそんなにできなくなると思います。

12　数字に惑わされてはいけない

GDPを気にしても仕方がない

GDPについて一喜一憂する報道をよく目にします。『ヤバい統計　政府、政治家、世論はなぜ数字に騙されるのか』（ジョージナ・スタージ著、尼丁千津子訳、集英社シリーズ・コモン）という本を読むと、誰もが信頼している統計などの数字がいかに怪しいものかがよくわかります。政府が政策を立てたり実行したりするにあたり、統計を持ち出すことは珍しくありません。また、国民の側も根拠となる数字を求めます。数字があることは根拠があることだと考える人も少なくない。

イギリスで実際に政策に関連する統計に携わる専門家でありながら、著者は数字を信用しすぎることの問題点を指摘しています。数字というものの捉え方については、もう少し気を付けたほうがいいように思います。

私が病院が好きではないのも、数字と関係しています。検査を受けると、すべてが数字で示される。血液の中のこれがこのくらいの数値だ、だから標準から外れている、問題だ、気を付けなさい、と。覚えのある方も多いのではないでしょうか。

こんなことばかり言われると、俺の身体の中で流れているのは血液ではなく数字なのか、と文句の一つも言いたくなります。

ＣＴ検査の結果も実は数字の集積です。画像を見るので写真みたいに思われるでしょうが、そうではありません。実際には人体を小さな立方体に分けて、それぞれのＸ線の吸収率を測定して、画像を作っているのです。だからあれもまた画像ではなく数字を見ている。

スマホで通話する際の音声も、実はデジタル化した音声を再構成したものです。

私たちが昔と同じように感覚でとらえていると思っているものが、実は数字の集まりだということが増えました。数字を介して間接的に現実と触れあう場面が増えたとも言えます。

だから駄目だとか、何も信用するな、データを無視せよといった話をしたいのではありません。「政府の統計は嘘ばかりだ」と決めつけるのは、「数字があるから確かだ」と信じ込むのと同じようなものです。極端な立場のいずれかを選ぶ必要はありません。

本当に「三〇年間」は失われたのか

GDPについては、おかしな議論が横行しているように思います。直近では、ドイツに抜かれて四位になったことが大きく取り上げられていました。アメリカ、中国、日本だったところにドイツが割り込んだということです。

しかしGDPは人口に拠るところが大きいのですから、日本が上位にいること自体おかしかったとも言えるのです。本来ならばインドがすでに上位になっていても不思議はない。ただ、インドの場合、経済が正確に把握されていないという特徴もあるようです。ドイツの人口は日本よりも少ない八三〇〇万人ほどじゃないか、と言う人もいるでしょう。しかし円安の影響もあるでしょうし、そもそも論でいえば、日本のGDPの伸び悩みの要因は、この三〇年ほどのいわゆる「経済的停滞」です。

しかしこれを「停滞」の一言で片づけていいかどうか。「失われた三〇年」とはよく言われますが、そんな言葉で片づけていいのか。マイナス面だけを見ていいのか。

私は、この三〇年へとつながる動きの最初は、公共投資の抑制だったと考えています。ではなぜ抑制したか。田中角栄首相に代表されるように、高度成長期の日本は、国土を「改造」するのだと張り切って、「開発」を進めた。しかしそれは国土を「傷《いた》めた」とも言えます。

これに対して日本国民全体が、どこかで「これ以上は進まないほうがいいんじゃないか」と思うようになり、そういう空気が醸成されていきました。その典型が前述の「脱ダム」宣言でしょう。

「もうこれ以上、日本はお金を稼がなくてもいいんじゃないか」と感じる人が増えていった。もちろん人それぞれですから、「いや、俺はもっともっと稼ぎたかった」という方もいるでしょうが、国全体を覆う空気は、変化していった。だから公共投資は抑制される方に進んだ。それによっていわゆる経済成長は停滞することになった。

ドイツの場合、こういう気分を緑の党のような政党が代表して、わかりやすい形として示していくのですが、日本はいつものようにそういう空気が何となく作られていき、抑制の方向に進みました。

今は統計的な数字だけを見てこの三〇年は「失われた」期間であるというのが、主な論調となっています。でも、この三〇年間、高度成長期と同じようなスピードで「成長」を続けていたらどうなっていたのでしょうか。

東京の地価はどんどん上がり、普通のマンションが三億円でも買えなくなっていたかもしれません。原子力発電所が、もっと国中にたくさん作られていたかもしれません。エネルギーをもっと消費する国になっていたのは間違いないでしょう。

当然、石油などの資源を大国同士で奪い合うようなことになるので、アメリカや中国との緊張も高まります。現在は米中の対立構造が深刻化していますが、日米中の三つ巴《どもえ》になっていたかもしれません。

そういう状況を想像してみれば、本当に「失われた三〇年」で片づけていいのか、と思う方もいるのではないでしょうか。良い面も十分にあったのではないか、むしろ日本が身の丈に合う大きさになる期間だったのかもしれない、と。

こうした低成長を肯定するような考え方に対して反論があるのは承知しています。「そんなことを言う奴は経済がわかっていない。収入が伸びないこと、生産性が上がらないことが不幸の理由なのだ」

経済学的な観点からすればその通りなのでしょう。しかし、ＧＤＰに代表される経済の数字を基本にものを考えるよりも、自分たちの生活が幸せならば、あるいは自分の気分が良ければいい、と考えるほうが普通ではないでしょうか。東大病院の先輩医師たちのように、ずっと不機嫌で良いはずがない。

江戸時代に日本にやってきた外国人が、日本人の印象としてみんなニコニコしていると書いています。大して成長しておらず、また豊かでもないのに、です。

お金がないから不機嫌になるのではなくて、お金を基準にしてしまったので、お金によって機嫌が左右されるようになった。そう考えてみてもいいのではないでしょうか。

組織では仕事が細分化されて、規則が厳格化されて、息苦しくなったといった話を聞くことがあります。経済を優先して、シミュレーションを重視すれば、当然、そうなっていきます。コストパフォーマンスを重視すれば、他人にお節介をやく必要はない。自分のことだけやれば良い。結果として、社員や部員同士のつながりは希薄になっていきます。それが幸福度を上げることにつながるのかは、関係ありません。それで不機嫌が増しても誰も責任は取りません。

国の心配と個人の心配が逆転している

本来、国民が楽天的、能天気に生きられるようにするのが国の仕事です。「帝力《ていりょく》なんぞ我にあらんや」という中国の故事成語があります。「十八史略」のこんな話がもとになっています。

皇帝の堯《ぎょう》が地方に行くと、百姓が腹つづみを打ち地面をたたいて拍子をとりながら「帝力なんぞ我にあらんや」と歌っていた。「皇帝の力なんて俺には何の関係もない」という意味です。

これで皇帝は「ああ、俺の政治はうまくいっている」と思ったというのです。つまり、誰が上にいようと、下の人間のやること、日々の平和な生活は変わらない。これが中国の理想の政治なのです。

逆にいえば、下の人間が個人の力で動かせることなんて、そう多くありません。地震に備えよと言われても、個人のレベルで何をすればいいのか。そう聞かれたことがあります。簡単に今の仕事を捨てて田舎に引っ込めるはずがないだろう。自給自足でもしろというのか。もちろん無理でしょう。

ただし、自分の今住んでいるのがどういう土地なのかを知っておくことならできるはずです。津波は来るのか。浸水はどのくらいあるのか。地盤はどうなっているのか。道路はどうなるのか。近隣一帯のインフラについても頭に入れておいたほうがいいでしょう。知り合いの農家がいれば仲よくするのもいいかもしれません。

これらは、共同体の復活という問題と直結します。真面目に考えれば、バラバラになっていった共同体をある程度取り戻す必要がある。

ところが、現実の世の中は正反対に進んでいるように見えます。地方からは人が減り続け、東京への流入人口が流出人口を上回るようになった。一時期は地方回帰の流れもあったのに、逆戻りして一極集中に進んでいます。

結果として都心の地価は上がり、あちこちにタワーマンションが建ち、高い値段で取引されています。これらの前提には大地震なんて起きない、起きても大丈夫だという思い込み、または勘ちがいがあるとしか思えません。

まずは、一人ひとりが一番居心地のいい状態とは何かを考えるのがいいのではないでしょうか。それぞれの人が快適だと感じる状況は必ずしも一致しません。

個人として、先のことを考えること、不測の事態に備えることは大切でしょう。しかし、そちらにばかり目を向けて、「今」のことをおろそかにしても仕方がありません。

これが今はあべこべになっている気がします。つまり、個人は先を見よう、考えようとして、若い時から老後の心配をしている。数十年後のことを考えている。

ところが、国のほうは近いうちに来る大地震にすら正面から向き合っていない。その時々のトピック、政局のことばかりが関心事になっています。

地元の癒着《ゆちゃく》は悪いことばかりではない

道志村は世帯数が約六〇〇、人口が約一五〇〇人です。このくらいの規模の自治体がきちんと自立していくことで、結果として日本全体の安心度は高まるのではないでしょうか。全国の小さな自治体がある程度の自給体制を保てる状況が実現できないか、ということです。

政治の世界では、こうした小さな自治体を軽く見る傾向があるように思います。最初は村の首長や市議会議員をやって、そこから市長に、知事に、国会議員に、というステップアップを考える人がいるようですが、そういう人は選ばないほうがいいように思います。それよりは何期でも骨を埋めるつもりでやる人のほうがいい。

これも近頃は、多選になるとすぐに「癒着《ゆちゃく》だ」といって問題視される傾向があります。しかし、利害を調整して、誰も困らないようにするのはとても重要なことです。その場合、土地の人との関係性がなければ何もできません。それを癒着だと簡単に批判はできない。

このところ、政治家の裏金が随分問題になっています。しかし、これも不純なものを過度に排除する風潮や、数字のもつ性質がもたらしたものと言えます。お金は一円、一銭、一厘《りん》まで計算できます。でも、そんなものは本来あるはずがない。これは血液検査の話と似ているでしょう。つまり実際のものから離れて数字が独り歩きしている。

そう考えれば、一〇〇パーセント、クリーンなお金というものもまた一種のフィクションだと考えたほうがいいのです。政治に限らず、そんなもの、あるはずがない。

政治に関連すれば、グレイなお金を使わなくてはいけない場面はあるでしょう。外交などでは表に出せないこともある。そういうものを全部許さないとしていくのが望ましいことなのか。

このあたりのことは、日本はなまじオープンだったからこそ、今は極端なほうに走っているのかもしれません。

困るのは、事情や経緯、歴史を知らずにやってきたよその人から、「おかしい」などと言われてしまうことです。こういう干渉を国レベルで日本に対して繰り返してきたのが、アメリカです。日本の制度がおかしい、不正だ、現代的ではない等々、あらゆる分野で口を出してきました。最近農水省は、乳牛が多い、牛乳が余っているなどと言っています。そのため大量の生乳を廃棄したり、乳牛を殺したりしなければならないことが大きな話題となりました。

根本的な問題として、酪農をはじめとした農業政策に、アメリカがいきなり横槍を入れてくる状態が戦後ずっと許され、続いていたことがあるのではないでしょうか。これでは官僚がやる気を失い、おかしなことをやるようになってしまいます。

食糧に直結すること、つまり国民の日々の生活に直結し、また安全保障上もとても大切なことであるにもかかわらず、外国の意向を尊重しなければならない状況になっている。そこにはどうしても無理が生じます。

この構図を変えることが困難であるならば、小さな自治体に経済特区のようなものを設定して、自由度を高めるのがいいのではないでしょうか。乱暴に言えば、日本の中に小さな王国のようなものがある状態を目指すのです。

　そのようにしたほうが、災害でどこかがダメージを受けても、別のところは大丈夫、というようになります。全国一律のシステムというのは一見、便利なようでトラブルには弱いものです。

第5章　人生の壁

13　怒りっぽい人が見ていないこと

自分にとって居心地のいい状態を知っておく

何かにつけて怒りっぽい人がいます。他人から見ると小さな問題であっても、見過ごせないようです。

その結果としてSNS上などで結構「炎上」していることもあります。私は基本的にそういう話には関わらないようにしています。彼らが無駄に敵を作っているように見えるのです。

そもそも、いつも誰かに文句を言っているというのは、幸せな人とは思えません。

儒教の伝統的な教えに「修身《しゅうしん》・斉家《せいか》・治国《ちこく》・平天下《へいてんか》」があります。己の身を修めて律し、家を整え、国を治め、天下が平和になる、ということです。自分の思うようにしても矩《のり》を踰《こ》えない。つまり世間の規範から外れない、人に迷惑をかけない。

その修身ができていないのに「あいつが悪い」「これが悪い」などと言っても仕方がありません。本当に自分が幸せな状態とはどういうものか、わかっていない人が多いのではないでしょうか。

料理研究家の土井善晴さんの著書『一汁一菜でよいという提案』（新潮文庫）にとても良い文章があります。


「暮らしにおいて大切なことは、自分自身の心の置き場、心地よい場所に帰ってくる生活のリズムを作ることだと思います。その柱となるのが食事です」


これを私は「自足《じそく》の思想」と呼んでいます。自分自身が幸せな状態をつくるのが一番大切だという考え方です。政治や社会に関する大きなテーマを考えるにしても、個人のレベルで基本にすべきは、この考え方ではないでしょうか。

自分にとって居心地のいい状態を知っておくのはとても大切です。これを誰もができているとは限らない。自分自身の限界とも関係するため、見極めるのが難しいのです。

感覚をおろそかにすると、わからなくなります。

「自分自身の心の置き場、心地よい場所」で暮らすことが自分自身の精神にも良いはずなのですが、つい別のほうに頭を使って、不満やストレスを抱えている人がいかに多いことか。わざわざ面倒なことに首を突っ込み、腹を立てている。

その点、よほどネコのほうが賢いのではないでしょうか。自分にとって一番気持ちのいい状況に身を置くようにしています。それを見つけたらひたすら寝転んでいる。

正反対が政治家です。常にある意味で「上から目線」で物を考えている。地球温暖化がどうだ、ＳＤＧｓがどうだ、と常に大きな話ばかりしている。結局、日常から切り離された思考におちいっているのです。

その傾向は政治家に限らず、日本全体に浸透してしまっています。一体、どういう状況が一番いいのか、安定しているのか、国民が幸せなのか。政治家にせよ、一般国民にせよ、このことを真剣に考えていないのではないでしょうか。

それでいて、目の前にある個々のことにはいちいち反応したり、怒ったりする。怪《け》しからんと持論を発信して、喧嘩になる。もちろん、積極的に発信するもしないも、それぞれの人の考えで構わないのですが、私自身はあまりＳＮＳでの発言などを追わないようにしています。

私の言っていることには、「炎上」してもおかしくないものも多いそうです。でも幸い、そういう事態にはあまりなっていません。ＳＮＳをあまり見ないから気づかないだけかもしれませんが、個人を攻撃するような物言いをしないのが理由なのかもしれない、と思います。

社会問題について感情的にならない

基本的に、怒って物を言うことはしないようにしているのです。感情的にならないようにしている、と言ってもいいでしょう。

社会問題については感情的になることが間違っている。

これが私の基本の考えです。

社会問題というのは単なる事実です。もちろんその重みは人によって異なるわけですが、議論するにあたって感情を持ち込んでも仕方がない。

社会問題については怒っている人のほうが、問題意識が高く真面目なように思われるのかもしれません。しかし私はまったくそう思いません。

それどころか、感情の熱量を上げることは、解決にはつながらないと思っています。これは年寄りになったからではなくて、若い頃からです。

「怒れる若者」なんてフレーズを聞いても「勝手に怒れ」くらいにしか思えませんでした。怒っている人の話を冷静に聞いていると、がっかりされたり、あるいはこちらにまで怒りが向けられたりすることもあります。そんなことはしょっちゅうでした。

しかし、その人が怒っているのは問題が解決していないからです。そしてシンプルな正解、解決法があればそもそももう解決に至っている。何らかの事情や理由があってそうなっていないから大変なのです。それについて、感情的になっても事態は別にいい方向に進みません。

こういう怒っている人にどう向き合うか。基本的には聞いてあげるしかありません。精神科医と同じようなスタンスです。

あるいは国会あたりならば、上手に相手の呼吸を外すという手もあります。

国会ではありませんが、三木武《ぶ》吉《きち》の妾《めかけ》論争がその典型でしょうか。

三木は自民党結党時の大物政治家で、立会演説会で対立候補から「三木には妾が四人

も い る」と攻撃されたのを受けて、「事実は五人であります」と言い返し、聴衆の喝采を浴びたという逸話が残されています。こうなると誰も文句は言えません。

若い時はどうしてもエネルギーが有り余っているので感情的にもなりやすいし、フラストレーションも抱えやすい。

若くて体力があるから大抵は乗り越えられるのですが、それで日常生活が乱れてしまうと、時には病気になってしまう。大事なのは日常生活の維持を意識しておくことです。食事をする、体を動かす、普通に仕事をする。社会人にとっては仕事も日常の一部でしょう。

もちろん極端に理不尽な目に遭っているとか、犯罪の被害に遭ったとかそういう特殊な場合は怒りをおぼえて当然ですが、多くの人は、こういうあまり大きな怒りを抱えないほうがいいのではないでしょうか。

社会のシステムが素直でなくなっている

以前と比べて、メンタルを病んだという人が増えているようです。

これも社会システムのどこかに無理がある、あるいは社会が人に無理をさせている結果なのでしょう。

システムが素直じゃない、とでも言えばいいのでしょうか。

物事はきちんとやらなければいけない。そのためにシステムはきちんとしたものがいい。理屈はその通りなのですが、それがストレスのもとになっている。

物事を杓子定規《しゃくしじょうぎ》に考えすぎることで、ルールだけがどんどん多くなり、融通がきかなくなっている。決まりはそうだけれども、これは仕方ないよな——そういうバッファー(余白)がなくなっているのです。

学校がいい例でしょう。「必ず行かなければいけないところ」になってしまった。昔、学校ができた頃は、行かなくてもいいところで、奇特な人だけが子どもを行かせていたのです。それがだんだん誰もが行くところになって、さらに行くことが強制されるようになりました。

私は中学生の時に学校に行くのが嫌になってきて、系列の高校に進学するのではなく、別のところに転校させてくれと母親に一所懸命に言ったことがありました。細かいことに厳しいのが窮屈で嫌だったのです。それで母親が学校に掛け合いに行ってくれたものの、結局、校長先生になだめられて、そのまま進学することになった。転校しそびれたわけです。

今振り返れば、その高校で良かったのでしょう。もちろん転校したらしたで、きっと何とかなったのだろうとは思います。

今の子どもたちについていえば、本人のあずかり知らぬ事情や理由で、大人たちが勝手に動いている部分が大きくなり過ぎた気もします。その結果、大人が自分を相手にしてくれていないというふうに感じてしまう。大人からすれば、「あなたのため」なのかもしれないけれども、それを当人たちは理解できません。

先が見えてしまう社会の問題

若い人が気の毒なのは、先行きが明るく思えないような社会になっていることです。日本の社会ではあらゆることが行き詰まってきている。そのように感じる人は多いことでしょう。

みんな、何となく「先が見えている」と思っている。さまざまな可能性があるはずの若い人ですらそうです。無理もありません。先が見えるよう、見えるようにと社会のシステムを整えてきたからです。

ある時、大学で学生たちに、物事をどういう基準で決めているか聞いたことがありました。何かをするにあたって、最初に考えるのはどういうことか。

優先事項は何か。判断基準は何か。たとえば「正しいか否か」でも「愛情をもってやれるかどうか」でも何でもいいわけです。「面白いかどうか」と言う人もいれば、「儲かるかどうか」と言う人もいるでしょう。

しかしその時の学生の最初の答が「安全かどうか」でした。最初に考える基準が「安全」なのです。無難に行きたい、リスクを回避したい。

その先を聞く気が失せてしまいました。その考え方では人生はつまらなくなるのは当然でしょう。先を見よう、見ようとして、何が面白いのでしょう。

何をするにもギャンブル的な感じはある程度あったほうがいいのです。『バカの壁』を依頼してきた編集者の石井昂《たかし》さんは、ギャンブルが大好きです。おそらく出版もギャンブルだと思っているのではないでしょうか。

ところがいまは二〇代の時から、老後に備えろという。何歳の時に貯金がいくらなければいけないとか、投資を分散しろとか、実にアホらしいと思います。途中で大地震が起きたらどうするのか。計画変更せざるをえないでしょう。

少し前には、定年を迎えた時には二〇〇〇万円は貯金がないといけないということが話題になっていました。

私が東大を辞めるとき、五七歳でしたが貯金なんかほとんどありませんでした。それでも何年も先のことを考えようとはまったく思っていなかった。それは基本的に今もそうです。

かなり先まで予定は決まっています。依頼された仕事、講演のように、向こうから降ってきた予定です。しかしそれ以外のことは決めていません。何か起きたら「しょうがない」です。

今の人はそういうのを無計画だと思われるのかもしれません。しかし、ずっと計画的にことを進めてきた人が、幸せを手に入れているのでしょうか。人生は常に不確定要素を含んでいます。突発事態に直面せずに生きられる人はいません。

綿密に考えて計画的に進めてきた人が、適当な人よりも恵まれた暮らしをしているのか。それもわかりはしないのです。

私自身は、先に目標を立てたりせずにやってきました。状況依存です。目標を強く意識する人のほうが鬱になりやすいのではないでしょうか。思うようにならないことで悩むからです。

そういう人は、思うようにしようと思うほうが間違っているとはなかなか考えられない。思うようにならないのが当たり前なのです。

大谷翔平選手は高校生の時に、人生のスケジュールを立てて、立派に実行しているそうです。でもそういう人は特殊だと思っておいたほうがいい。彼は目の前にあることをやっているうちに、すごいところに到達した。仕方なく成功したのです。

周囲から見れば大変な努力なのですが、本人からすれば努力しないと気持ちが悪いから努力しているだけではないでしょうか。練習は好きでやっていることです。

幸いなことに、私は努力しなくても平気なのでしません。八〇歳を過ぎているわりにはかなり忙しく仕事をしていますが、これも目の前にあることにその都度対応する、その積み重ねに過ぎないのです。

早期リタイアに憧れたことがない

若いうちに起業して、あるいは投資で資産を増やして、中高年になる前に引退して悠々自適の生活をする。そんな夢を抱く人も多いと聞きます。

以前、喫茶店の隣に座っている人が、そういう話をしているのを耳にしたこともあります。今のうちに稼いで四〇代でリタイアするのだ、と。

そんなことに何の意味があるのかがわかりません。八〇歳を超えても一所懸命働いている私には関係のない話です。

若いうちに経済的に成功していれば虫採り三昧《ざんまい》の生活ができたじゃないですか。そう言われても、そんな生活をしていたら退屈していたに違いありません。

好きなことは、仕事の合間の貴重な時間にやるからこそ楽しみが増すし、深くなる。楽しみを増すため、深みを持たせるためにこそ働いているのではないでしょうか。

私の母親もそうでした。九〇歳過ぎまで働いていて、あまり休みも取らなかったけれども、貴重な休みに歌舞伎に行ったり、小唄を習ったりするのが本当に楽しそうでした。そういう楽しさは働いていなければ味わえないものです。

リタイアして地中海クルーズでもすれば、と言われても、あんな乾いた場所では虫採りができないじゃないか、としか思えない。

早期リタイアを強く願うというのは、今やっている仕事が嫌だということでしょう。その場合は早期リタイアではなくて、仕事そのものを変えることを考えたほうがいいかもしれません。無理をしていたらリタイアの前に死んでしまうかもしれないのですから。

もちろん本当にやりたいことをやるためのリタイアならば否定するものではありません。ただ、意外とそうでもない人が多いような気がします。

私自身は、東京大学に勤めている時から、実は気持ちの上では半分リタイアしていたようなものだったのかもしれない、とも思います。勤め人をやることは、上を目指すこととセットになっているような面があります。東大医学部であれば医学部長、東大全体であれば総長がトップで、そこに向かって働くということです。

でも、そんなものを目指さないことは最初から決めていました。だから半分リタイアというのは大げさにしても、気持ちのうえで三分の一くらいは早期退職をしていたのです。仕事で手を抜いていたわけではありません。また、そうしたことに一所懸命な人を馬鹿にするつもりもまったくありません。いつもお勤めご苦労さまですと思っていました。

ただ、あくまでも気分のうえでは若いうちからリタイアしていたのです。だから辞めるときもスムーズに移行できた。

よく憶えているエッセイに、「社長になるのはどういう人か」というテーマで作家の深田祐介さんが書いたものがあります。深田さんは元日本航空の社員でした。深田さんによれば、偉くなる人もみんな順繰りに降りていく、最後まで降り損ねた人が社長になる、という内容でした。印象に残っているのは、共感するところが大きかったからでしょう。

いつまでも組織に全部の気持ちを乗せている人は、リタイアしてからが大変です。少しずつでもいいから、降りる練習をしておくと面白いことになるかもしれません。

14　人生とは学習の場

人生相談を考えたことがない

この頃は人生相談に乗る仕事もやっています。他の仕事と同様、頼まれたのでやっているだけで、私自身は誰かにその種の相談をしたことがありません。聞いても仕方がないと思っているからです。

ただ、さまざまな相談に乗ることで、世の中のことを知ることはできるように思います。新聞を読むよりも、個々の悩みを聞くほうがよほど社会の現状がわかるのです。

その意味では、悩んでいる方には申し訳ないのだけれども、相談を受ける面白さというものがあるのは事実です。

私の答えが悩みの解決に直接役立つとは思いませんが、自分とは別の考えを知ることには意味があるのでしょう。ものの見方はさまざまだということに気づいてくれるといいかな、とは思います。

自分自身の人生で壁にぶつかったことがあるかといえば、実はあまりそういうおぼえがありません。悩んで夜も眠れないとか、胃が痛くてたまらないといった記憶がほとんどないのです。

お前は運が良かったのだ、と言われれば返す言葉もありません。ただ、どちらかといえば、乗り越えるよりも避けることを心がけてきたからではないか、という気もします。面倒なことになるような状況に身を置かないようにした、と言ってもいいでしょう。

もちろん八〇年も生きていればいろいろな災難には見舞われてきました。大きかったのは、母親の借金問題です。友人の保証人になったとかで、かなりの金額を背負うことになった。大学生の頃でしたが、これは親戚が走り回って何とかしてくれました。

面倒は避けようとしても、ある程度は降ってきます。そうなったときに逃げるのはいいことではありません。自分のせいではないけれども、引き受けなければいけないことはあるのです。そういう時に逃げると、あとでツケが回るというのはこれまでにも言ってきたことです。

とらわれない、偏らない、こだわらない

実のところ、人生相談に対する私の答はほとんど次の三つです。

とらわれない、偏らない、こだわらない。

悩みを抱えている多くの人は、一つの見方にとらわれています。だからとらわれない、偏らない、こだわらない姿勢を持ってはいかがですか、と言うのです。

それ以外には、相談者の感情をどれだけ処理するかの問題になります。相談という行為そのものがはけ口になる。悩みを言語化して、他人に伝える。その時点である程度過程を整理して、問題点を抽出しなければいけない。それ自体が感情の処理になるのです。

昔の日本人は、これを和歌や短歌でやっていたのかもしれません。好きな人に会えないだの、出世できなくて悔しいだのといった苦しみを詠んだものが多いでしょう。言葉をそういう風に使って生きていたと言ってもいい。

ところが言葉が感情ではなくて論理を述べる道具にどんどんなっていくと、そうもいかない。結果として、悩みを上手に吐き出せなくなるのでしょうか。

他人の人生を背負う意味

「中年になるまでにやっておいた方がいいことってありますか」

こんな相談を受けることがありました。これに対する答としては、「家を持つこと」でしょうか。家を建てろということではなくて、家族を持つということです。

「結婚しろというのか」「独り身ですみませんね」と叱られそうですが、別に結婚を強いるつもりはありません。子どもを作れとか、家族を持たなければ半人前だなどと言うつもりもまったくありません。

人それぞれの考え、事情があるでしょう。「家」の真意を少し丁寧に言えば、何らかのコミュニティに所属する、他人とのつながりがある場を持って生きるほうがいい、ということになるでしょうか。

何か背負うものを持ったほうがいい、とも言えます。

要は、自分だけが宙に浮いているような状況は具合が悪いということです。

一人のほうが気楽だ、とにかくしがらみを減らしていきたい、家族なんて負担がないほうがいい――そう思う方もいることでしょう。

若い頃は、しょっちゅう年上の人に言われたものです。

「家族がいないからお前らはそんなこと言えるんだ」

いまはこういう言い方もハラスメントになりますから絶対に許されないのでしょう。しかし、一面の真理をついていたとは思います。

現実を理解するには背負うものが必要だということです。

もちろん家族を持つのは良いことばかりではありません。むしろ厄介ごとが増えるのは間違いありません。

西行のように世を捨てて気ままに生きるほうがいいじゃないか、と憧れる人がいるのもよくわかります。北面の武士として働いたあと、二〇代で出家した西行は、七〇代で亡くなるまで一人旅に出て、歌を詠むという人生を送りました。そういう人生への憧れが昔から伝統的にあるのは事実です。

人生はそもそも厄介なもの

身内の問題で悩んだ経験のある人は余計に、家族なんてやっかいなだけだと思うかもしれません。また一生身内のことで悩まないなんて人は滅多にいません。

それでもなお家族——あるいは疑似家族的なコミュニティでも良いですが——のようなものを背負うことには意味があると思います。

それは非常にいい学習の場になるからです。家とは人間および人間社会について学ぶ最小の単位といってもいいでしょう。

逆に言えば、ずっと一人でいるというのは、人間社会では無責任な存在なのです。その目が昔はとても厳しかった。私の若い頃は、独り者には銀行がお金を貸してくれなかったのです。「こういう立場の人は無責任な行動をするだろう」という前提があったからです。

繰り返しますが、家族はいいものだと全面的に肯定するものではありません。面倒なものです。でも、人として生きていくこと自体、面倒くさいものなのです。それが身に染みてわかるようになってくる。

面倒くさいことがまったくない人生というのは、決して素晴らしいものではありません。むしろつまらないものです。ここを勘ちがいしている人がいます。面倒なことがなければないほどいい、と。

ある場面において、面倒くさいことを引き受けてこなかった人が、そのあとの人生を良いものにしているかは疑わしい。実際に面倒を要領よく避けてきた人のその後を見ても、そう感じます。

というのも、結局、その後また同じような問題に直面することになるのです。その時にどうすればいいのかわかりません。それでまた逃げることもあれば、立ち往生することもあるでしょう。

厄介なことは「学習の場」である、というのはそういう意味です。

コスパを追求して何になるのか

厄介なことを避けたいのは当然です。しかし、人生において効率のみを追求することはおすすめしません。大切なのは、精一杯生きること、本気で生きることです。

好きな言葉に「メメント・モリ」と「カルペ・ディエム」があります。いずれもラテン語で、「メメント・モリ」は「死を想え」、「カルペ・ディエム」は「今日を精一杯生きろ」。

二つの言葉は対になっていて、中世の修道院で挨拶のように応酬されていたといいます。最近、ヤマザキマリさんは『CARPE DIEM 今この瞬間を生きて』（エクスナレッジ）という本を出しました。茶道の裏千家の代表的な茶室、今日庵《こんにちあん》も同じ考えから名づけられています。「今日を生きる」ことの大切さが名前の由来です。

しかし、この「今日を精一杯生きる」ことへの思いが今は足りないのではないでしょうか。本気で死を想っていないから、精一杯生きることも真剣に考えていない。がんになって余命宣告でもされれば、「今日」の大切さに気付くのでしょうが、普段はそうはならない。

余命一年だと言われれば、会社を辞めようと思う人は多いでしょう。しかし、ではなぜ今辞めないのか。生活のために働く必要があるのは当然として、現代人は本気で生きることを考えていないのではないか。

コスパ、タイパといった言葉に象徴されるように、いまは本気とか全力といったことの価値を軽く見ているのではないでしょうか。コスパはコストパフォーマンス、タイパはタイムパフォーマンスの略です。費用対効果が良ければコスパがいい、あまり時間をかけないで成果が上げられれば、タイパがいいということになる。

つまり余力を残すことにものすごく価値を置いています。全力で何かを成し遂げるよりも、何割か余力を残したほうが「パフォーマンス」はいいのですから。

勤め人であれば、定時になれば帰る、土日には必ず休む、というのもそういう価値観につながっています。全力を尽くすこと、全精力を傾けることを、ともすれば損をしているように捉えている。七割の力で会社に与えられたノルマが達成できれば結構なことだと考えているようにすら見える。

これがわかりません。もしも全力を尽くせることがあるのならば、ありがたいことなのです。他人と比べて、自分のコスパやタイパを考えて、損をしているなどと計算することに何の意味があるのか。

私も働いていれば、やりたいことだけやるわけにはいきません。あっちで厄介ごとに巻き込まれ、こっちで何か相談に乗りとやって、今日一日、自分の仕事はちょっとしかできなかった、なんてことが日常茶飯事です。

コスパもタイパも決して良くはないでしょう。ほとんどお金にならないようなことに多く時間を取られているからです。

ではそれで損をしているのでしょうか。やろうと思えば、面倒な仕事や頼まれごとは全部断ることもできるでしょう。自分で断るのに気が乗らなければ、秘書に頼めばいいだけのことです。

でも、これまではコスパやタイパを第一には考えないようにしていました。受けられる仕事はなるべく受けてきたのです（病気になってそうもいかなくなりましたが）。年が年なので体力との兼ね合いはありましたが、依頼があるということは、私に何らかのニーズがあるのだろうし、やることで世の中が今どうなっているかということを知ることもできる、と考えていたのです。

無理をしていたのではなく、そこに何らかの生きがいを感じていたのです。私がやらなくてもいいし、やってもうまくできるとは限りません。なぜ自分が呼ばれるのかという場で講演することも珍しくありません。

ただやることになれば、そこでできるだけのことはやる。そのあとでいちいち反省はしない。うまくいかなかったな、などとくよくよ考えることはありません。

これは昔からそういう性格なのです。自分が出演したテレビ番組も見ません。へたに見ると反省するからです。

やってしまったことをあれこれ考えても意味がないと思っているのです。反省している暇なんかない。

自分の書いた本も読みません。くよくよしても仕方ない。

もちろん人間なので、つい振り返ってしまう気持ちになることもあります。今も家に帰ると、一緒に暮らしていたネコの「まる」がまだ生きていて、そのへんをうろうろしているような気がしてしまいます。でも、それもあまり考えないようにしよう、と思うのです。

軽く生きることを心がけてみたら

ついつい何でも振り返り、くよくよするタイプの人がいます。

そういう人は、もうちょっと軽く生きるよう心がけてみてもいいのではと思います。気分を変える、気を紛らわすというのは生きていくうえでとても大事なことです。軽く思われているようなことだけれども、実は重要というものがあって、気分はその一つです。

「今日は気分が悪いから一休みしよう」といったことを許さない社会、小回りのきかない社会になってしまいました。しかし、そういういい加減さがあっていいのではないでしょうか。

どうも真剣さと深刻さを混同している人がいるように思います。つまり、その人の心の闇とか、過去の辛い体験を正視することを勧める風潮です。そういうものと正面から向き合わないと前へ進めない、といった意見はよく目にします。

とくに学者はそういうことを言いがちなのですが、向き合う義務なんてありません。誤魔化すのも一つの手です。それで自分自身の気分が良くなるならいいではないですか。

無理やり辛い体験などを思い出す必要はないのです。忘れていて日々が暮らせるのならそれでいい。

わかってもらうことを期待しない

他人に理解してもらえないことで悩む人もいます。家族や友人、会社や組織の同僚に理解してもらえない。その悩みのもとには、無理な期待があるのではないでしょうか。

自分のすべて、全人格を理解してもらうのが無理だというのは誰にでもわかることです。そして理解してもらう必要があることと、必要がないことがある。

では何を理解してもらえないか、理解してもらいたいと思っているのか。そこが本来の問題になります。

しかしそれを突き詰めて考えたところで、相手がどう考えるのかはわかりません。どうせわからないことなのだから、そもそもわかってもらうことは最初からあきらめたほうがいい、と私は思っています。

家族が俺のことを理解してくれない、会社が私のことを理解してくれない。そんなことを不満に思った時には、裏返しで考えてみればいいのです。では自分は相手のことを理解しているのか。

完全に理解なんかしているはずがありません。理解できるわけもない。理解してもらえないという不満を抱く前提には、他者や組織が自分のことを理解してくれるはずだ、してほしいという希望か願望があるのです。

しかしこれがまったくの間違いです。他者の無理解というのは今に始まったことではない。それでは不安になるかもしれません。では誰が一体、自分という存在を受け入れてくれるというのか。

それを保障するのが、本来は外部的なものだったのです。つまり共同体であり、家であった。

理解してもらえようがもらえまいが、共同体の中で役割があり、家のなかでしきたりがあった。死ねば同じ墓に入るのが当たり前でした。本来は無条件で自分を引き受けてくれる装置として共同体や家が機能していたわけです。

相手のことがわかっていてもわかっていなくても、こいつと一緒にやっていくしかない、ということが当たり前に受け入れられていた。夫婦も結局はそういう取り決めでしょう。

もちろん、相手に理解してもらえる、共感してもらえるというのはとても嬉しいことでしょう。でもそれはなぜ嬉しいのか。わかってもらえない、理解してもらえない、共感してもらえないのが前提だからこそ嬉しいのです。

いつも理解してもらえて共感してもらえるのならば、そんなに喜びは感じられません。他人は自分をわかってくれないものだと思っていれば、少しでもわかってもらえた時に嬉しいでしょう。

講演で多くの人に向かってお話をしてきましたが、私自身は何かをわかってもらえるといった期待はしていません。相手がどのように受け止めるかとか、真意が伝わったのかといったことは考えないようにしています。

声が小さいのを何とかしようとか、滑舌に気を付けようといったことは考えますが、それ以上のことはこちらがあれこれ考えても仕方がない。

原稿を書くにあたっても、読者にわかってもらいたいという気持ちがないわけではありません。しかし実のところ、独り言に近い。一人でぶつぶつ言ったり、くそーと叫んだりしているようなものです。

私から見れば、他人に理解してもらえると勝手に期待して、勝手に失望して、落ち込んだり悩んだりするのは変なことです。

自分のことをわかってほしいと話しに来る方もいらっしゃいます。つきあうこともあるのですが、私はそこで聞いた話をたいてい覚えていません。

ある時は一時間にわたって体の具合が悪いという話をしていた人もいました。しばらくは聞かざるをえません。それで一時間ほど辛抱して聞いたうえで、「あなたは今日、最初から最後まで自分の話しかしていませんよ」と言って終わりにしました。

私の書いたことや話したことから、「先生は私のことがわかってくれている」というような声をくださる方もいます。他の人が言わないようなことを書いているからでしょうか。気に入ってくださるのはありがたいことではあるのだけれども、全体としては、かなり誤解があるのではないかと思うのです。

基本的に自分の都合を主張することをとうの昔にやめているので、あまり他人にわかってもらう必要がない。だからといって、誰とでも平等に接することはできない。他人とつきあうにあたって気になるのは、むしろ疲れるかどうかということでしょうか。

相手に無理やり反応を求めるといった人は疲れます。いちいち何かを聞いてくる。もちろん私とは合わないＡさんでも、別のＢさんとはものすごく合うことはあります。

日常で大事なのは、合うかどうか。夫婦でその相性が悪いと大変でしょう。それは上司と部下、教師と生徒、医者と患者なども同じで、人間関係をうまく続けられるかは、そこが根本になってきます。

なぜかこの人と一緒だと落ち着かないというようなことがある。そうすると日常が安定しないのです。

しかし合わないのは別に自分のせいではありません。また、誰とでもわかりあえるなど過剰な期待もしないほうがいいでしょう。

「生きづらい」は嫌な言葉

何となく嫌な言葉だなと思うのが「生きづらさ」です。最近よく聞くようになりました。若者の生きづらさ、中年の生きづらさ、管理職の、老人の等々、あらゆる人が「生きづらさ」を抱えているかのようです。

もちろん、それぞれの職種や立場、あるいは年齢で、つらさはあるのでしょう。それが一般化して語られるようになったのは、社会が単調化して横並びになっていることが関係しているのかもしれません。

多くの人が一定の決まった場所に行って、給料をもらう暮らしになりました。単調とはそういうことです。

一次産業では、そうはいきません。漁業なら、あいつは大漁だったのに、うちは全然駄目だったなんてことが珍しくないでしょう。農業でも、うちには虫が出て大変だけど、あっちは無事らしいとか、うちは水に浸かったけど、あっちは大丈夫だったようだとか、非常に大きなずれがあった。生活に多様性があったのです。

日々の生活に動き、浮き沈みがあると、いちいち「生きづらい」などと言っていられないのです。それどころではない。

少々の苦労は修行と思えばいいのに、それを自分で「生きづらさ」に変換してしまう人もいるようです。修行と捉えることで、楽になれる面もあるはずですが、なかなかそう割り切れない。

ここにはおそらく体力が関係してきます。

体力というのは重い物を持ち上げられるということではありません。もちろんそれも体力の一部ですが、筋肉に加えて内臓、脳も含めた体全体の持つ力のことです。体がもつエネルギー全般です。

体力が落ちると、どうしてもつらくなってくる。我慢もきかなくなる。昔から言われている「体が資本」という言葉が真理だということが、年をとるとしみじみわかります。

生きる意味を過剰に考えすぎない

「生きる意味」のようなことを問われることがあります。

「先生、人が生きる理由は何でしょうか」

これには、生きているからしょうがないじゃないか、としか言いようがありません。そういうことを考えるのは暇だからです。

何かを一所懸命にやっていれば、そんなことを考える余裕はありません。ゲームを夢中でやっている横から「生きる意味は何だと思いますか」などと言われたら、「うるせえ」と答えるでしょう。

「生きているからしょうがない」という考え方を認めない社会になってきています。しょうがないとは何事だ、真面目に意味を考えろという調子です。

しかし何にでも意味を求める、あるいは何についても意味を説明できると思うほうが間違っているのです。人間に限らず、あらゆる生命が存在しているのは、「行きがかり」のようなものです。生まれた以上、生きていくしかない。

都市ではあらゆるものに意味があります。道路でも電柱でも、目に入るものには何らかの意味、作る側や設置する側の目的がある。でも、自然のものはそうではないでしょう。山に入ってみて、目に入るものの存在する意味を説明できるはずがない。

ところが、都市での生活に慣れると、つまり脳が作った世界にのみ順応すると、すべてのものに意味があると考えてしまう。これは大きな勘ちがいです。

これについては、よく「オフィスに意味のないものを置いてみてはいかがですか」とアドバイスをしています。すべてにわかりやすい意味がある空間にずっといるのは脳にとっても良いことではない。たとえば大きな石を置いてみてはどうか、ということです。これが小さな石だと、喧嘩になった時に投げられるという意味があるから良くない。

一日のうち短い時間でもいいから自然のものを見ると良い、と繰り返して言ってきたのも同様の考えからです。そのほうが脳に良い影響を与える。

いや、動物や植物の存在する意味は、子孫を残すことだ。そのように言う方もいるでしょう。しかし、これは間違いだと私は思っています。単にそういう説明がわかりやすいので、納得してもらいやすいというだけです。オフィスの大きな石の下に漬物桶を置けば、「そういうふうに役立っているんですね」と納得してもらえるのと同じ。

山の中の木が、子孫繁栄を願っているはずがありません。生えてきたから仕方がないので生えている。

もしも生きる意味や理由ばかり考えてしまうほうに頭が向いてしまうようならば、その状況を変えるようにしたほうがいいのではないでしょうか。

まずは何か夢中になり、楽しめることを探す。ここで大切なのが、子どもの時の体験です。つまり、子どもの時に遊びでも何でも夢中になった経験があれば、大人になってからもそういう体験を求めやすいでしょう。ああいう経験をまたしたい、と考えられるからです。

あれこれ考えるよりも一所懸命に働いたほうがいい。別にお金を稼げというのではありません。ボランティアでも趣味でも構いません。

精一杯、本気で生きる。そして自分にとって居心地の良い状況を見出していく。そういう日々を過ごすことからはじめてみるのがいいのではないでしょうか。

あとがき

本書で触れている主題は、これまでずっと考えてきたことでもあり、もちろん単純な答えはありません。年寄りがブツブツ言っている。これまでの「壁」シリーズでも、そうお感じになった方も多いようですが、実際にそうなんですから仕方がない。独り言のようですが、編集者に問われたことに対してブツブツ言ったのをまとめたのが、この本ということです。

私の物言いについては、しばしば「悟っている」などと評されることもありますが、それは違うのです。「悟っている」のではなくて、はじめから関心が弱いのです。もちろんそれはテーマにもよるので、総じて虫のこと、自然界のことには関心が濃く、世間すなわち人間界のことには関心が薄いのです。『人生の壁』というタイトルをつけておきながらなんですが。

普通の人の関心事はその逆だと思うので、私の言うことが変わっているように聞こえるのかと思います。亡くなった加藤典洋さんの著書に『日本人の自画像』（岩波現代文庫）

があります。この中で加藤さんは「内在」と「関係」を分けています。「内在」とはおのずから心のうちに湧き出てくるもの、「関係」は外部から嫌でも襲ってくるものと考えていいかと思います。加藤さんは本居宣長《もとおりのりなが》を例にとりながら、内在と関係の説明をしています。私の場合には、内在は自然界たとえば虫で、関係は人すなわち世間です。

世間に関心が薄いと、生きていくのに困ることもあるし、楽なこともあります。本書で「政治の壁」という章はありますが、最近の政治の大きな話題には触れていません。たとえば今年の自民党の総裁選とか、アメリカ大統領選挙などです。子どものことや将来の地震の心配よりは、こうした政治上の変化を気にすべきかもしれないのですが、私はそういうことが気にならないんだから仕方がないんです。

ただ、それを長いつきあいの仲間に言ったら、「いや、あんたは他人のことをよく観察しているよ。少なくとも世間というものについてあれこれ考えるのは好きでしょうが」と言われました。あれ、そうなのかも、と思います。「壁」シリーズが何作も出ているのもそのせいかもしれません。私自身もまだまだ「バカの壁」を抱えているんです。人生はやっかいなものですね。

こうした自分自身の関心のあり方を病気になってから反省（？）する機会がありまし

た。まえがきで触れた通り、今年、肺癌の患者になりました。私という病人に対して、家族や親しい友人たち、医師たちが親身で心配してくれるのを感じて、申し訳ないと思ったのです。本人が自分自身の人生について、いわばもう少し本気で愛情を感じていないと申し訳ないいんじゃないか、というようなことです。

八十五歳を超えた老人について、癌の治療を懸命にやってもムダじゃないのか、などと言ってしまうこともありました。自身について客観的であろうとすることは、自身について、愛情が不足しているということに近いわけです。

もちろん、何が何でも生きていたいと思うわけではない。でも何が何でもと思えたほうが話が素直だなあ。そういう気もしてくるのです。

そういう芝居が打てるようになれば、とも思うのですが、残念ながら私にはそこまでの芸はありません。本書にどの程度の芸が見えるのか、それは読者が決めてくださることです。

令和六年一〇月

養老　孟司

あとがき

養老孟司　1937（昭和12）年、神奈川県鎌倉市生まれ。62年東京大学医学部卒業後、解剖学教室へ。95年東京大学医学部教授を退官、現在同大学名誉教授。著書に『からだの見方』、『唯脳論』、『バカの壁』の「壁」シリーズなど多数。

Ⓢ新潮新書

1066

人生《じんせい》の壁《かべ》

著　者　養老孟司《ようろうたけし》

2024年11月20日　発行
2025年６月15日　６刷

発行者　佐　藤　隆　信

発行所　株式会社 新潮社

〒162-8711　東京都新宿区矢来町71番地
編集部(03)3266-5430　読者係(03)3266-5111
https://www.shinchosha.co.jp

装幀　新潮社装幀室

印刷所　株式会社光邦

製本所　株式会社大進堂

ISBN978-4-10-611066-5 C0230